EL GRAN GATSBY

AUSTRALILUSTRADOS

F. SCOTT FITZGERALD

EL GRAN GATSBY

Traducción
Miguel Temprano

Ilustraciones
Borja Bonaque

Título original: *The Great Gatsby*

Diseño de la cubierta: Austral / Área Editorial Grupo Planeta
Ilustraciones del interior y la cubierta: © Borja Bonaque
Primera edición en Austral: octubre de 2024

Depósito legal: B. 14.320-2024
ISBN: 978-84-08-29417-7
Impresión y encuadernación: Egedsa
Printed in Spain - Impreso en España

BIOGRAFÍA

Francis Scott Fitzgerald (Minnesota, 1896 - Hollywood, 1940) fue uno de los escritores norteamericanos más populares y de mayor prestigio del siglo XX. Estudió en la Universidad de Princeton pero abandonó su formación en 1917 para alistarse en el ejército. Tres años más tarde publicó su primera novela, *A este lado del paraíso*, que se convirtió en un éxito inmediato y le granjeó fama y reputación, y se casó con Zelda Sayre. En 1922 publicó *Hermosos y malditos*, novela a la que siguieron *El gran Gatsby* (1925) —considerado su libro más perfecto y una de las mejores novelas americanas— y *Suave es la noche* (1934). También es el autor de una extensa y valiosa obra de cuentos. Entre las aportaciones más importantes de su producción suele señalarse la de retratar brillantemente la era del jazz, concentrada en la década de 1920.

Nota a la traducción

La presente traducción de *El gran Gatsby* se basa en el texto de la edición completa de las obras de F. Scott Fitzgerald, publicado por Cambridge University Press (*The Cambridge Edition of the Works of F. Scott Fitzgerald*, 1991) y establecido por Matthew J. Bruccoli a partir de los manuscritos originales, las galeradas y las correcciones introducidas posteriormente por el propio autor. He procurado respetar la peculiar manera de puntuar de Fitzgerald, cuyo estilo levemente retórico y no siempre ajustado a las normas de la sintaxis se basa en la preferencia que dio al ritmo y la cadencia para conseguir su característico fraseo. Para favorecer la fluidez de la lectura he optado por no incluir notas a pie de página ni señalar las posibles variantes textuales. Los interesados en conocer los cambios y modificaciones concretos introducidos respecto al texto de la primera edición pueden acudir al extenso e ilustrativo prólogo de Bruccoli en la edición antes citada.

MIGUEL TEMPRANO GARCÍA

Ponte el sombrero dorado, si eso la conmueve;
y, si sabes hacer cabriolas, hazlas también,
hasta que exclame: «¡Enamorado saltimbanqui
del sombrero dorado, tienes que ser mío!».

THOMAS PARKE D'INVILLIERS

Para Zelda, otra vez

Capítulo 1

Cuando yo era más joven y más vulnerable, mi padre me dio un consejo que he tenido presente desde entonces.

«Siempre que te sientas tentado de criticar a alguien —dijo—, recuerda que no todo el mundo ha disfrutado de tus mismas oportunidades».

No añadió nada más, pero siempre nos hemos entendido extrañamente bien con muy pocas palabras y comprendí que aquello tenía un significado más profundo de lo que parecía a primera vista. La consecuencia es que suelo reservarme mis juicios, lo que me ha granjeado la amistad de mucha gente interesante y también me ha convertido en víctima de muchos pelmazos crónicos. Las inteligencias fuera de lo común detectan enseguida esa peculiaridad y se sienten atraídas por ella, en especial cuando se da en alguien normal, y así hubo en la universidad quien me acusó injustamente de ser un intrigante por estar al tanto de las penas de hombres desconocidos y apasionados. La mayoría de esas confidencias no las buscaba yo —a menudo fingía tener sueño, estar preocupado o mostraba una leve hostilidad cuando, por algún indicio inconfundible, creía ver asomar por el horizonte una revelación íntima—, pues las revelaciones íntimas de los jóvenes, o al menos los términos en que las expresan, suelen ser plagios y estar viciadas por represiones evidentes. Para no juzgar se requiere una esperanza infinita. Aun hoy temo perderme algo si olvido que, como sugirió con cierto esnobismo mi padre y repito con idéntico esnobismo yo, el sentido más elemental de la decencia se reparte de forma desigual al nacer.

Y, después de jactarme así de mi tolerancia, debo admitir que también tiene un límite. La conducta de cada uno puede estar fundada en roca viva o en un tremedal, pero a partir de cierto punto la verdad es que eso me trae sin cuidado. Cuando regresé de la costa Este el otoño pasado sentí que me habría gustado ver para siempre al mundo de uniforme y en una especie de posición de firmes moral; no deseaba más desenfrenadas incursiones ni atisbos privilegiados en el corazón humano. Solo Gatsby, el hombre que da título a este libro, quedó al margen de esa reacción. Gatsby, el hombre que representaba todo aquello que más desprecio. Si la personalidad es una serie ininterrumpida de gestos triunfales, es indudable que había algo magnífico en él, una sensibilidad exacerbada por las promesas de la vida, como si estuviese conectado a uno de esos complicados aparatos que detectan terremotos a quince mil kilómetros de distancia. Dicha sensibilidad no tenía nada que ver con ese ñoño sentimentalismo que la gente dignifica denominándolo «temperamento creativo»: el suyo era un don extraordinario para la esperanza, una disponibilidad romántica que no he encontrado y es poco probable que vuelva a encontrar nunca en nadie más. No, al final Gatsby salió bien librado; lo que interrumpió temporalmente mi interés por los frustrados pesares y los modestos entusiasmos de los hombres fue todo lo que se cebó en él y la sucia polvareda que se levantó tras la estela de sus sueños.

Mi familia ha sido gente prominente y acomodada en esta ciudad del Medio Oeste desde hace tres generaciones. Los Carraway son una especie de clan y la tradición afirma que descendemos de los duques de Buccleuch, aunque el verdadero fundador de mi linaje fue el hermano de mi abuelo, que llegó aquí el año cincuenta y uno, pagó a un sustituto para que fuese por él a la Guerra Civil y fundó el negocio de ferretería al por mayor que todavía hoy dirige mi padre.

Nunca llegué a ver a ese tío abuelo mío, pero la gente asegura que me parezco a él, en especial por un prosaico retrato suyo que cuelga en el despacho de mi padre. En 1915 me licencié en New Haven, justo un cuarto de siglo después que mi padre, y poco después participé en esa tardía migración teutónica conocida por la Gran Guerra. Tanto disfruté de la contraofensiva que cuando volví me sentía dominado por la inquietud. En lugar del acogedor centro del mundo, el Medio Oeste me pareció el confín más remoto y deshilachado del universo, así que decidí trasladarme a la costa Este y dedicarme al negocio de la Bolsa. Todos mis conocidos andaban metidos en él y di por sentado que podría mantener a uno más. Mis tías y mis tíos lo discutieron como si estuviesen escogiendo mi futuro colegio y finalmente dijeron «Bueno... sí...» con aire muy serio y dubitativo. Mi padre accedió a pagar mis gastos de los primeros meses y, después de varios retrasos, llegué a la costa Este la primavera del año veintidós con la intención de instalarme allí de forma permanente.

Lo más práctico habría sido buscar un apartamento en la ciudad, pero hacía mucho calor y yo acababa de llegar de una región de vastos herbazales y árboles acogedores, así que cuando uno de mis colegas del despacho me propuso alquilar a medias una casa en un área residencial de las afueras me pareció una gran idea. Encontró la casa, un destartalado bungaló de paredes de cartón por ochenta dólares al mes, pero en el último minuto su empresa lo envió a Washington y me fui al campo solo. Tenía un perro, o al menos lo tuve unos días hasta que se escapó, un viejo Dodge y una señora finlandesa que hacía la cama, preparaba el desayuno y murmuraba para sí refranes en finlandés junto al infiernillo eléctrico.

Me sentí solo un día o dos hasta que una mañana un tipo que había llegado después que yo me paró en la carretera.

—¿Por dónde se va al pueblo de West Egg? —preguntó desorientado.

Se lo expliqué. Y, al seguir mi camino, noté que ya no me sentía tan solo. Me había convertido en un guía, un explorador, uno de los colonos originales. Sin saberlo, aquel hombre me había concedido el derecho de pertenecer a la comunidad.

Y así con el sol y la explosión de las hojas nuevas que crecían en los árboles —como en esas películas en las que todo crece muy deprisa— tuve la sensación familiar de que la vida estaba renaciendo con el verano.

Tenía mucho que leer y mucha salud que extraer de aquel aire revigorizante. Compré una docena de libros sobre banca, valores crediticios e inversión, y los coloqué en la estantería donde, con sus encuadernaciones rojas y doradas, parecían monedas recién acuñadas que prometieran desvelar los deslumbrantes secretos que solo conocían Midas, Morgan y Mecenas. Y tuve la noble intención de leer muchos más libros. En la universidad tenía aficiones literarias —un año incluso escribí una serie de sesudos e ingenuos editoriales para el *Yale News*— y entonces pensé en retomarlas y volver a convertirme en el más limitado de los especialistas: el hombre «polifacético». Y con eso no quiero dármelas de ingenioso, al fin y al cabo la vida se contempla mejor desde una sola ventana.

Fue pura casualidad que hubiese alquilado una casa en una de las comunidades más extrañas de Norteamérica. Estaba en esa isla estrecha y bulliciosa que se extiende al este de Nueva York y donde hay, entre otras muchas curiosidades naturales, dos formaciones de tierra muy peculiares. A treinta kilómetros de la ciudad, dos huevos enormes de contornos idénticos y separados por una bahía de cortesía se internan en la extensión de agua salada más domesticada del hemisferio occidental, el gran corral acuático del estrecho de Long Island. No son perfectamente ovalados, sino que más bien se parecen al huevo de Colón y están aplastados por el punto de contacto, pero su parecido debe de suponer una fuente de constantes confusiones para las gaviotas que los sobrevuelan. Para los que no tenemos alas aún resultan más llamativas sus diferencias en todos los detalles que no son la forma y el tamaño.

Yo vivía en West Egg, el..., digamos el menos elegante de los dos, aunque esa es una forma muy superficial de expresar el extraño y más bien siniestro contraste que había entre ambos. Mi casa se hallaba justo en la punta del huevo, a solo cincuenta metros del estrecho, y estaba encajada entre dos enormes mansiones que se alquilaban por mil doscientos o mil quinientos dólares la temporada. La de la derecha era un edificio colosal desde todos los puntos de vista: de hecho era una imitación de algún Hôtel de Ville en Normandía, con una torre a cada lado que se alzaban nuevas y vigorosas por debajo de una barba rala de hiedra, una piscina de mármol y más de cuarenta acres de céspedes y jardines. Era la mansión de Gatsby. O más bien, puesto que yo no conocía al señor Gatsby, era una mansión habitada por un caballero llamado así. Mi casa era una ofensa para los ojos, pero tan modesta que nadie había reparado en ella, gracias a lo cual podía disfrutar de vistas al mar, de una panorámica parcial del jardín de mi vecino y de la reconfortante proximidad de los millonarios por solo ochenta dólares al mes.

Al otro lado de la bahía de cortesía, los palacios blancos del elegante East Egg se reflejaban en el agua y la historia de aquel verano empieza la tarde que conduje hasta allí para cenar en casa de los Buchanan. Daisy era una prima lejana mía, a Tom lo había conocido en la universidad y justo después de la guerra había pasado dos días con ellos en Chicago.

El marido, entre otros logros deportivos, había sido uno de los extremos más rápidos que jamás jugaran al rugby en New Haven, una figura de talla nacional en cierto sentido, una de esas personas que alcanzan un éxito tan desmedido a los veintiún años que después todo les parece poca cosa. Su familia era enormemente rica —ya en la universidad se le reprochaba su liberalidad con el dinero— pero ahora había dejado Chicago para instalarse en la costa Este de un modo que cortaba la respiración, por ejemplo se había llevado consigo una cuadra de caballos de polo de Lake Forest. Era difícil hacerse a la idea de que un hombre de mi misma generación pudiera ser tan rico para hacer algo así.

No sé qué los habría empujado a mudarse al este. Habían pasado un año en Francia, sin ningún motivo en particular, y luego habían ido inquietos de aquí para allá adondequiera que la gente se dedique a jugar al polo y ser rica. Daisy me dijo por teléfono que iban a instalarse allí de manera definitiva, pero no la creí, no conocía tanto a Daisy pero intuí que Tom seguiría vagando siempre de un sitio a otro en su melancólica búsqueda de la dramática turbulencia de un irrecuperable partido de rugby.

Y así fue como una tarde cálida y ventosa fui en coche a East Egg a visitar a dos viejos amigos a quienes apenas conocía. Su casa era aún más lujosa de lo que imaginaba, una alegre mansión colonial georgiana de color rojo y blanco que daba a la bahía. El césped empezaba en la playa y se extendía a lo largo de casi quinientos metros hasta la puerta principal, dejando a su paso relojes de sol, senderos empavesados e invernaderos, y al llegar a la casa subía por la pared en exuberantes enredaderas como llevado por la inercia de la carrera. La fachada estaba interrumpida por una hilera de enormes ventanales que brillaban con un reflejo dorado, abiertos de par en par esa tarde cálida y ventosa, y Tom Buchanan, en traje de montar, esperaba de pie en el porche principal con las piernas separadas.

Había cambiado desde sus días de New Haven y se había convertido en un hombre fornido de unos treinta años, cabello pajizo, rictus implacable y modales displicentes. Sus ojos vivos y arrogantes dominaban la expresión de su rostro y le daban la apariencia de estar siempre inclinado agresivamente hacia adelante. Ni siquiera la afeminada ostentación de la ropa de montar conseguía ocultar la enorme fuerza de aquel cuerpo: daba la impresión de llenar las botas relucientes cuyos cordones parecían a punto de romperse, y cada vez que movía los hombros se apreciaban sus músculos por debajo de la fina chaqueta. Era un cuerpo capaz de ejercer una fuerza enorme..., un cuerpo cruel.

Su áspera voz de tenor contribuía aún más a proporcionarle aquel aire pendenciero. Tenía un deje de desdén paternalista, incluso cuando hablaba con sus amigos, que en New Haven le había granjeado numerosos enemigos.

Era como si dijese: «No vayas a creer que mi opinión al respecto es concluyente solo porque sea más fuerte y más hombre que tú». Habíamos formado parte de la misma sociedad secreta universitaria y aunque no habíamos sido amigos íntimos siempre había tenido la impresión de caerle bien y de que, a su modo brusco, melancólico y desafiante, deseaba ganarse mi aprecio.

Charlamos unos minutos en el porche todavía iluminado por el sol.

—No está mal este sitio —dijo mientras sus ojos miraban inquietos. Me obligó a volverme cogiéndome del brazo y desplazó la enorme manaza a lo largo de la vista incluyendo en su recorrido un jardín italiano que había abajo, medio acre de rosales rojos y perfumados y una lancha motora de proa achatada que la marea mecía en la orilla—. Perteneció a Demaine, el magnate del petróleo. —Se volvió otra vez hacia mí y dijo—: Entremos.

Pasamos por un amplio vestíbulo a un lugar de color rosado, frágilmente unido a la casa por dos enormes miradores a cada lado. Los ventanales estaban abiertos de par en par y su color blanco y reluciente contrastaba con la hierba verde que casi parecía crecer en el interior de la casa. Dentro, soplaba una brisa que agitaba las cortinas a uno y otro lado como pálidas banderas, retorciéndolas contra el escarchado pastel de boda del techo y haciendo que ondearan sobre la alfombra de color vino y produjeran una sombra sobre ella como la del viento en el mar.

El único objeto totalmente inmóvil de la sala era un enorme sofá sobre el que flotaban dos mujeres jóvenes como un globo aerostático amarrado al suelo. Ambas vestían de blanco y sus vestidos ondeaban y revoloteaban igual que si acabaran de posarse después de sobrevolar la casa. Debí de quedarme un instante escuchando el roce de las cortinas y el crujido de un cuadro en la pared. Luego se oyó un portazo cuando Tom Buchanan cerró las puertas de atrás, la brisa cesó y las cortinas, las alfombras y las dos jóvenes se posaron lentamente en el suelo.

No conocía a la más joven. Estaba tendida todo lo larga que era en su lado del sofá, totalmente inmóvil y con la barbilla levemente levantada como si estuviese sosteniendo algo en equilibrio y tuviera miedo de que se le cayese. Si me vio con el rabillo del ojo no lo demostró, de hecho estuve a punto de disculparme por haberla molestado al entrar.

La otra joven, Daisy, hizo ademán de levantarse —se inclinó levemente hacia adelante con gesto atento— y luego soltó una risita absurda y encantadora, yo me eché a reír también y entré en la sala.

—Ta... tanta alegría me ha dejado sin habla.

Volvió a echarse a reír como si hubiese dicho algo muy ingenioso, y sostuvo mi mano un momento, mientras me miraba a la cara y aseguraba que no había nadie en el mundo a quien deseara tanto ver. Era típico de ella. Me informó con un murmullo de que el apellido de la joven equilibrista era Baker. (Hay quien asegura que los murmullos de Daisy eran solo para hacer que la gente se le acercara; una crítica improcedente que no le restaba un ápice a su encanto.)

En cualquier caso, los labios de la señorita Baker se estremecieron, me saludó con un gesto casi imperceptible y volvió a levantar la cabeza —evidentemente, el objeto que estaba manteniendo en equilibrio se había desplazado un poco y eso la había asustado—. Una vez más, estuve a punto de disculparme. Casi siempre que veo a alguien hacer gala de una independencia tan absoluta siento la misma asombrada reverencia.

Volví a mirar a mi prima, que empezó a hacerme preguntas con su voz grave y conmovedora. Era una de esas voces cuyas inflexiones seguimos como si cada frase fuera un pasaje musical que no volverá a interpretarse jamás. Su rostro era triste y encantador con el toque de luz que le daban sus luminosos ojos y una boca no menos luminosa y apasionada, pero lo que los hombres que la habían querido no conseguían olvidar era la excitación de su voz: una compulsión cantarina, un «escucha» apenas susurrado, una promesa de que había hecho cosas alegres y emocionantes justo un momento antes y de que todavía tenía por delante otras igual de alegres y emocionantes.

Le conté que había pasado un día en Chicago camino del este y que una docena de personas le enviaban recuerdos.

—¿Me echan de menos? —preguntó extasiada.

—La ciudad entera está desolada. Todos los automóviles llevan la rueda trasera izquierda pintada de negro en señal de luto y por las noches se oye un incesante lamento a lo largo de la orilla norte.

—¡Qué estupendo! Volvamos allí, Tom. ¡Mañana mismo! —Luego añadió sin venir a cuento—: Tienes que ver a la niña.

—Me encantaría.

—Está dormida. Tiene dos años. ¿Nunca la has visto?

—No.

—Pues deberías verla. Es...

Tom Buchanan, que había estado pululando por la habitación, se detuvo y me puso la mano en el hombro.

—¿A qué te dedicas, Nick?

—Negocios de Bolsa.

—¿Con quién?

Se lo dije.

—No los conozco —respondió tajante.

Eso me irritó.

—Ya los conocerás —respondí lacónico—, siempre que decidas quedarte en la costa Este, claro...

—¡Oh!, por eso no te preocupes, claro que me quedaré —dijo mirando a Daisy y luego otra vez a mí como si temiera que fuésemos a añadir alguna cosa—. Tendría que ser un idiota rematado para irme a vivir a otra parte.

En ese momento la señorita Baker exclamó: «¡Desde luego!» de forma tan súbita que me sobresalté; era la primera palabra que decía desde que yo entrara en la habitación. Fue evidente que ella se había sorprendido tanto como yo, pues bostezó y se plantó en mitad de la sala con una serie de movimientos rápidos y diestros.

—Estoy entumecida —se quejó—. Llevo tumbada en ese sofá desde que tengo memoria.

—A mí no me mires —replicó Daisy—. Me he pasado la tarde tratando de arrastrarte a Nueva York.

—No, gracias —dijo la señorita Baker al ver los cuatro cócteles que acababan de llevarles—, he vuelto a entrenar en serio.

Su anfitriona la miró con incredulidad.

—¿De verdad? —Tom apuró la copa como si fuese una gota en el fondo de un vaso—. Nunca entenderé cómo consigues hacer todo lo que haces.

Miré a la señorita Baker preguntándome qué sería eso que «conseguía hacer». Me gustó mirarla. Era una chica esbelta, de pechos pequeños y porte erguido, que acentuaba aún más al echar los hombros atrás como un joven cadete. Sus ojos grises y entornados por el sol me devolvieron la mirada con una curiosidad recíproca pintada en el rostro lánguido, encantador e insatisfecho. En ese momento se me ocurrió que la había visto, o al menos una foto suya, en alguna parte.

—Vive usted en West Egg —observó desdeñosa—. Tengo algunos conocidos allí.

—No conozco a un solo...

—Tiene que conocer a Gatsby.

—¿Gatsby? —preguntó Daisy—. ¿Quién es Gatsby?

Antes de que pudiera responder que era mi vecino, anunciaron la cena; Tom Buchanan encajó imperiosamente su brazo debajo del mío y me sacó de la habitación como si estuviese desplazando una pieza de ajedrez a otra casilla del tablero.

Esbeltas, lánguidas, con las manos rozándoles levemente las caderas, las dos jóvenes nos precedieron hasta un porche de color rosado con vistas a la puesta de sol, y en el que la llama de las cuatro velas que había sobre la mesa temblaba con el viento que casi había amainado ya.

—¿Para qué queremos velas? —objetó Daisy frunciendo el ceño y apagándolas con los dedos—. Dentro de dos semanas será el día más largo del año. —Nos miró radiante—. ¿Vosotros no esperáis a que llegue el día más largo del año y luego se os olvida? A mí siempre me ocurre.

—Deberíamos planear alguna cosa —bostezó la señorita Baker sentándose a la mesa como quien se va a acostar.

—De acuerdo —dijo Daisy—. ¿Qué podríamos planear? —Se volvió impotente hacia mí—. ¿Qué planea la gente? —Antes de que pudiera responder, sus ojos se fijaron con expresión de pasmo en su dedo meñique— ¡Mirad! —se quejó—. Me he hecho daño. —Todos lo miramos: el nudillo estaba amoratado—. La culpa es tuya, Tom —dijo en tono acusador—. Ya sé que no lo has hecho a propósito, pero has sido tú. Eso me pasa por casarme con un hombre tan bruto, un grandullón que...

—Detesto la palabra *grandullón* —objetó enfadado Tom—, aunque lo digas en broma.

—Grandullón —insistió Daisy.

A veces ella y la señorita Baker hablaban al mismo tiempo, con una discreción y una frivolidad un tanto guasona que no llegaba a ser una charla y que resultaba tan fría como sus vestidos blancos y su mirada impersonal en la que no había ni rastro de deseo. Estaban allí, aceptaban la presencia de Tom y la mía, y hacían solo un educado esfuerzo por distraernos o dejar que las distrajéramos. Sabían que la cena terminaría pronto y que poco después concluiría también la velada sin que nadie le diera mayor importancia. Era muy distinto del oeste, donde las veladas pasaban apresuradamente de una fase a otra con anticipación siempre frustrada o bien con un temor nervioso al momento presente.

—Haces que me sienta muy incivilizado, Daisy —confesé tras mi segunda copa de un Burdeos joven con un leve sabor a corcho pero aun así muy recomendable—. ¿No podrías hablar de las cosechas o algo así?

Con aquella observación no había pretendido aludir a nada en especial, pero obtuve una respuesta bastante inesperada.

—La civilización se desmorona —estalló violentamente Tom—. Me he vuelto muy pesimista al respecto. ¿Has leído *El auge de los imperios de color*, de un tal Goddard?

—Pues la verdad es que no —respondí bastante extrañado por aquel tono.

—Pues es muy bueno, todo el mundo debería leerlo. Defiende la teoría de que si no andamos con cuidado la raza blanca acabará..., en fin, sojuzgada. Está científicamente demostrado.

—Últimamente, Tom se ha vuelto muy profundo —dijo Daisy en tono triste y desconsiderado—. Lee libros muy sesudos con palabras de lo más enrevesadas. ¿Qué palabra era esa que...?

—Son libros científicos —insistió Tom mirándola con impaciencia—. Ese tipo lo ha estudiado muy a fondo. Es nuestra responsabilidad, como raza dominante, que las demás razas no acaben dominándolo todo.

—Habrá que meterlos en cintura —susurró Daisy guiñándome un ojo bajo el sol ardiente.

—Deberíais iros a vivir a California... —empezó la señorita Baker, pero Tom la interrumpió moviéndose inquieto en su silla.

—Ese tipo tiene la teoría de que somos nórdicos. Tanto tú, como tú, y como yo, y... —Tras dudar una milésima de segundo incluyó a Daisy con un leve gesto y ella volvió a guiñarme el ojo—. El caso es que hemos creado todo lo que constituye la civilización..., no sé, la ciencia, el arte y demás. ¿Entiendes?

Había algo patético en tanta insistencia, como si aquella seguridad en sí mismo, aún más acusada que antaño, ya no le bastara. Casi inmediatamente después, cuando sonó el teléfono en el interior de la casa y el mayordomo fue a responder, Daisy aprovechó aquella interrupción momentánea y se inclinó hacia mí.

—Te contaré un secreto familiar —susurró entusiasmada—. Es sobre la nariz del mayordomo. ¿Quieres oírlo?

—A eso he venido esta noche.

—Bueno, no siempre ha sido mayordomo, antes se dedicaba a pulir la plata en casa de unos de Nueva York que tenían una cubertería de plata para doscientas personas. Se pasaba el día sacándole brillo de la mañana a la noche hasta que empezó a afectarle a la nariz...

—Las cosas fueron de mal en peor —sugirió la señorita Baker.

—Sí. Empezaron a ir de mal en peor hasta que tuvo que marcharse.

Por un instante los últimos rayos de sol iluminaron con romántico afecto su rostro radiante; su voz me impulsó a inclinarme hacia adelante y a contener la respiración mientras la escuchaba..., luego aquel brillo desapareció y la luz la abandonó a regañadientes como unos chiquillos que al atardecer se van de la calle donde estaban jugando.

El mayordomo regresó y le murmuró a Tom al oído algo que le hizo fruncir el ceño, apartar la silla y entrar en la casa sin decir palabra. Como si su ausencia acicateara algo en su interior, Daisy volvió a inclinarse hacia adelante y dijo con voz clara y cantarina:

—Me alegra mucho verte en mi mesa, Nick. Me recuerdas a... a una rosa, una rosa, eso es. ¿Verdad que sí? —Se volvió hacia la señorita Baker en busca de su aprobación—. ¿A que parece una rosa?

No era cierto. No me parezco ni siquiera remotamente a una rosa. Estaba improvisando sobre la marcha, pero de ella emanaba una vibrante calidez como si tratara de abrirte su corazón con una de aquellas palabras entrecortadas y conmovedoras. Luego arrojó de pronto la servilleta en la mesa, se excusó y entró en la casa.

La señorita Baker y yo intercambiamos una breve mirada conscientemente desprovista de significado. Estaba a punto de decir algo, cuando ella se incorporó y dijo «¡Chis!» en tono de advertencia. De la habitación de al lado llegaba un murmullo sordo y apasionado y la señorita Baker se inclinó sin el menor recato para oírlo mejor. El murmullo casi se hizo comprensible, se apagó, volvió a aumentar de volumen y luego cesó por completo.

—Ese señor Gatsby del que habló usted antes es mi vecino... —dije.

—Calle. Quiero saber lo que ocurre.

—¿Es que ocurre algo? —pregunté con inocencia.

—¿No lo sabe? —dijo la señorita Baker sinceramente sorprendida—. Pensé que todo el mundo estaba enterado.

—Yo no.

—Pues... —dijo dubitativa— resulta que Tom tiene una mujer en Nueva York.

—¿Una mujer? —repetí en tono inexpresivo.

La señorita Baker asintió.

—Podría tener el decoro de no telefonearle a la hora de la cena, ¿no cree?

Justo antes de que pudiera comprender lo que acababa de decirme, se oyó el roce de un vestido y el crujido de unas botas de cuero, y Tom y Daisy volvieron a la mesa.

—¡No hemos podido evitarlo! —exclamó Daisy con tensa alegría. Se sentó, miró con aire inquisitivo hacia la señorita Baker, luego me miró a mí y prosiguió—: Me he asomado un momento ahí fuera y es muy romántico. Hay un pájaro en la hierba que creo que debe de ser un ruiseñor llegado en un transatlántico de la Cunard o la White Star Line. No para de cantar —gorjeó su voz—. Es muy romántico, ¿verdad, Tom?

—Mucho —respondió antes de añadir con cierto desconsuelo—: Cuando acabemos de cenar, si no se ha hecho muy de noche, te llevaré a ver los establos.

El teléfono sonó espasmódicamente en el interior de la casa y cuando Daisy reconvino a Tom con un movimiento de cabeza, lo de los establos, igual que todo lo demás, dio la impresión de desvanecerse en el aire. Entre los fragmentos dispersos de los últimos cinco minutos que pasamos en la mesa recuerdo que volvieron a encender las velas sin motivo alguno, y que deseaba mirarlos a todos a los ojos y al mismo tiempo esquivar todas las miradas. No pude adivinar en qué estaban pensando Daisy y Tom, pero no me cabe duda de que ni siquiera la señorita Baker, que parecía poseer un inquebrantable escepticismo, pudo apartar totalmente de su imaginación la estridente y metálica insistencia de aquel quinto invitado. Hay a quien aquella situación podría haberle parecido misteriosa, mi instinto me aconsejó telefonear de inmediato a la policía.

No hace falta decir que nadie volvió a aludir a los caballos. Tom y la señorita Baker, con unos metros de crepúsculo entre ambos, fueron a la biblioteca como si se dispusieran a velar un cadáver totalmente tangible, mientras yo fingía estar agradablemente interesado y también un poco sordo y seguía a Daisy por una serie de verandas conectadas hasta el porche de la fachada principal. Nos sentamos en la penumbra uno al lado del otro en un sofá de mimbre.

Daisy se tapó la cara con las manos, como si quisiera palpar sus delicadas facciones, y sus ojos recorrieron la aterciopelada oscuridad. Comprendí las turbulentas emociones que la dominaban, y traté de tranquilizarla preguntándole por su hija.

—No nos conocemos demasiado, Nick —dijo de pronto—. Aunque seamos primos. No asististe a mi boda.

—No había vuelto de la guerra.

—Es cierto —dudó—. En fin, Nick, lo cierto es que lo he pasado muy mal y me he vuelto bastante cínica.

Era evidente que motivos no le faltaban. Esperé, pero no dijo nada más y al cabo de un rato volví tímidamente a preguntarle por su hija.

—Supongo que ya habla, y... come, y demás, ¿no?

—¡Oh!, sí —Me miró con aire ausente—. Oye, Nick, deja que te cuente lo que dije cuando nació. ¿Te interesa saberlo?

—Mucho.

—Así verás lo que opino de... todo en general. En fin, la niña aún no tenía una hora y Tom estaba Dios sabe dónde. Desperté de la anestesia con una sensación de completo abandono y le pregunté a la enfermera si había sido niño o niña. Me respondió que era una niña y yo me di la vuelta y me eché a llorar. «Bueno», dije, «me alegro de que sea una niña. Ojalá sea tonta..., en este mundo lo mejor que puede pasarle a una chica es que sea guapa y tonta». La verdad es que todo me parece terrible —prosiguió en tono muy convencido—. Todo el mundo lo cree..., incluso las personas más avanzadas. Y yo lo sé. Estoy hastiada de todo. —Sus ojos miraron a su alrededor con aire desafiante, casi como hacía Tom, y se echó a reír con un desdén conmovedor—. Sofisticada... ¡Dios, no sabes lo sofisticada que me he vuelto!

En el preciso instante en que su voz se interrumpió y dejó de exigir mi atención y mi aprobación, comprendí la falta de sinceridad de sus palabras. Me sentí incómodo, como si toda la velada hubiera sido una especie de montaje para arrancarme aquel impuesto sentimental. Esperé y, efectivamente, al cabo de un momento me miró con una sonrisa en su precioso rostro como si acabara de confirmarme su pertenencia a la distinguida sociedad secreta a la que pertenecían Tom y ella.

Dentro de la casa, la habitación carmesí resplandecía de luz. Tom y la señorita Baker estaban sentados cada uno a un extremo del largo sofá y ella le leía el *Saturday Evening Post* murmurando apresuradamente las palabras en tono neutro y tranquilizador. La luz de la lámpara, brillante en las botas de él y opaca en los cabellos de ella, que eran rubios como las hojas en otoño, hacía centellear el papel cada vez que pasaba las páginas con un estremecimiento de los finos músculos del brazo.

Cuando entramos, levantó la mano para pedirnos que guardáramos silencio un momento.

—Continuará en nuestro próximo número —dijo lanzando la revista a la mesa. Reequilibró el cuerpo con un inquieto movimiento de la rodilla y se puso en pie—. Las diez en punto —observó, al parecer después de ver la hora en el techo—. Hora de que las niñas buenas se vayan a la cama.

—Mañana Jordan tiene un campeonato en Westchester —explicó Daisy.

—¡Ah!, así que es usted Jordan Baker.

Supe entonces por qué su rostro me había parecido tan familiar, había visto muchas veces aquel gesto agradable y displicente reproducido en huecograbado en los artículos sobre la actualidad deportiva de Asheville, Hot Springs y Palm Beach. También había leído algunos cotilleos y desagradables murmuraciones sobre ella, pero había olvidado de qué se trataba.

—Buenas noches —dijo en voz baja—. Despertadme a las ocho, ¿de acuerdo?

—Si consigues levantarte...

—Lo conseguiré. Buenas noches, señor Carraway. Ya nos veremos.

—Ya lo creo que os veréis —confirmó Daisy—. He decidido hacer de casamentera. Tú, Nick, ven a menudo, y yo..., bueno, me las arreglaré para que estéis juntos. Ya sabes..., os encerraré por equivocación en el armario de la ropa blanca, os empujaré al mar en un bote y otras cosas por el estilo...

—Buenas noches —dijo la señorita Baker desde

las escaleras—. Que conste que no he oído una palabra.

—Es una chica encantadora —dijo Tom al cabo de un rato—. No deberían dejarla ir de aquí para allá de ese modo.

—¿A quién te refieres? —preguntó con frialdad Daisy.

—A su familia.

—Su única familia es una tía que tiene más de mil años. Además, Nick va a cuidar de ella, ¿a que sí, Nick? Este verano pasará aquí muchos fines de semana. Creo que le sentará bien tener un hogar.

Daisy y Tom se miraron un momento en silencio.

—¿Es de Nueva York? —pregunté enseguida.

—De Louisville. Pasamos juntas allí nuestra virginal juventud. Nuestra blanca y virginal...

—¿Has estado abriéndole tu corazón a Nick en el porche? —preguntó de pronto Tom.

—¿Quién, yo? —Me miró—. No lo recuerdo, aunque creo que hablamos de la raza nórdica. Sí, eso es. Se nos ocurrió así sin más y cuando quisimos darnos cuenta...

—No creas todo lo que oyes, Nick —me aconsejó él.

Respondí despreocupadamente que no había oído nada, y a los pocos minutos me levanté para marcharme. Me acompañaron a la puerta y se quedaron uno al lado del otro en un alegre rectángulo de luz. Nada más poner el motor en marcha, Daisy me gritó en tono perentorio:

—¡Espera! Olvidaba preguntarte una cosa importante. Hemos oído decir que estabas comprometido con una chica en el oeste.

—Es verdad —corroboró amablemente Tom—. Es lo que hemos oído.

—Calumnias. Soy demasiado pobre.

—Pero lo hemos oído —insistió Daisy, que me sorprendió al abrirse otra vez como una flor—. Nos lo han dicho tres personas distintas, así que tiene que ser cierto.

Por supuesto, sabía a qué se referían, pero no estaba ni mucho menos comprometido. Uno de los motivos que me habían impulsado a trasladarme al este era que los cotilleos habían dado por publicadas las amonestaciones. No se puede dejar de frecuentar a una vieja amiga por culpa de las habladurías, pero tampoco estaba dispuesto a que las murmuraciones me obligaran a casarme.

Su interés me conmovió e hizo que no pareciesen tan inmensamente ricos; no obstante, mientras conducía de vuelta me sentí un poco confuso y asqueado. Tenía la sensación de que lo que Daisy debería hacer era coger al bebé y marcharse de aquella casa cuanto antes..., pero no parecía tener intención de hacerlo. En cuanto a Tom, el hecho de que «tuviera una mujer en Nueva York» me resultaba menos sorprendente que verle deprimido por un libro. Algo le estaba empujando a picotear aquellas rancias ideas como si su robusto egoísmo físico no pudiera saciar ya las exigencias de su corazón.

El verano se había instalado en los tejados de los moteles y enfrente de las estaciones de servicio de la carretera donde los nuevos surtidores de gasolina rojos brillaban en medio de círculos luminosos, y cuando llegué a mis posesiones en West Egg metí el coche en el garaje y me senté un rato en un cortacésped abandonado en el jardín. El viento había cesado y había dado paso a una noche despejada y rumorosa, llena de ruidos de alas que batían en los árboles y del persistente sonido de órgano como si todos los fuelles de la tierra estuviesen insuflando vida a las ranas. La silueta de un gato tembló a la luz del claro de luna, y al volver la cabeza para verlo mejor reparé en que no estaba solo: a unos quince metros de donde me hallaba había surgido de entre las sombras de la mansión de mi vecino una figura que contemplaba con las manos en los bolsillos el cielo salpimentado de estrellas plateadas. La calma de sus movimientos y la seguridad con que pisaba la hierba hacían pensar que se trataba del propio señor Gatsby que había salido a calcular qué parte de nuestro firmamento local le correspondía.

Decidí presentarme. La señorita Baker me había hablado de él en la cena y me pareció una excusa suficiente. Pero no lo hice porque tuve la súbita sensación de que prefería estar solo: extendió los brazos de un modo muy curioso hacia el agua oscura y a pesar de la distancia que nos separaba habría jurado que estaba temblando. Miré casi sin darme cuenta hacia el mar y no vi más que una luz verde, lejana y diminuta, que tal vez señalara el extremo de un embarcadero. Cuando volví a mirar a Gatsby, había desaparecido y de nuevo me quedé solo en la intranquila oscuridad.

Capítulo 2

A mitad de camino entre West Egg y Nueva York la carretera confluye a toda prisa con la línea férrea y discurre junto a ella casi medio kilómetro, como deseosa de apartarse de ciertas tierras particularmente desoladas. Se trata de un valle de cenizas, una extraña granja en la que las cenizas crecen como el trigo, formando riscos, cerros y grotescos jardines, en la que las cenizas adoptan la forma de casas y chimeneas por las que sale el humo, y, con un último y trascendental esfuerzo, de hombres que apenas se mueven y se desmoronan entre el aire polvoriento. De vez en cuando, una hilera de vagonetas grises se arrastra por una vía invisible con un crujido fantasmal, luego se hace el silencio, e inmediatamente los hombres de ceniza gris acuden con sus pesadas palas y levantan una nube impenetrable que oculta de la vista sus turbios manejos.

Pero por encima de la tierra gris y de la convulsa e inhóspita capa de polvo que flota siempre en el aire, uno ve, al cabo de un instante, los ojos del doctor T. J. Eckleburg. Los ojos del doctor T. J. Eckleburg son azules y gigantescos, sus retinas miden un metro de altura. No miran desde ningún rostro, sino desde un enorme par de gafas amarillas que penden de una nariz inexistente. Evidentemente algún oculista con un descabellado sentido del humor debió de ponerlos allí para acrecentar su clientela en el barrio de Queens y luego se sumió en la ceguera eterna, o se olvidó de ellos y se trasladó a alguna otra parte. Pero sus ojos, un poco descoloridos después de tantos días bajo el sol y la lluvia sin que nadie les dé una mano de pintura, se ciernen todavía sobre aquel solemne vertedero.

El valle de cenizas limita por un lado con un sucio río y cuando el puente levadizo se alza para dejar pasar a las barcazas, los pasajeros de los trenes obligados a detenerse pueden contemplar la triste escena durante casi media hora. El tren siempre para allí al menos un minuto, y así fue como conocí a la querida de Tom Buchanan.

Todos sus conocidos insistían en que tenía una querida. Sus amigos le reprochaban que fuese con ella a los restaurantes más frecuentados y que la dejara en la mesa y se entretuviese charlando con unos y con otros. Pese a que sentía cierta curiosidad por verla, lo cierto es que yo no deseaba conocerla, sin embargo eso fue lo que ocurrió. Una tarde iba en tren con Tom a Nueva York, y cuando nos detuvimos junto a los montones de ceniza se puso en pie de un salto, me cogió del hombro y me obligó literalmente a apearme del tren.

—¡Nos bajamos! —insistió—. Quiero que conozcas a mi chica.

Creo que había bebido mucho en la comida y su determinación de contar con mi compañía rozó la violencia. Su desdeñosa suposición era que una tarde de domingo yo no tendría nada mejor que hacer.

Saltamos la valla blanca del ferrocarril y retrocedimos unos cien metros por la carretera bajo la insistente mirada del doctor Eckleburg. El único edificio a la vista era un pequeño bloque de ladrillo amarillo que se alzaba al borde de aquella tierra baldía junto a una especie de calle mayor que no llevaba a ningún sitio. Una de las tres tiendas que había en él se alquilaba y otra era un restaurante abierto toda la noche al que se accedía por un sendero de ceniza; la tercera era un garaje —Reparaciones GEORGE B. WILSON. Se compran y venden coches— en el que entré detrás de Tom.

El interior era austero y humilde; el único coche a la vista era un Ford, casi desarmado y cubierto de polvo, que había en un rincón. Estaba pensando que aquel fantasmal garaje sería una tapadera y que en el piso de arriba habría apartamentos románticos y lujosos cuando el propietario apareció en la puerta de un despacho limpiándose las manos con un trapo. Era un hombre rubio y apocado, anémico y relativamente bien parecido. Al vernos, asomó en sus ojos azul pálido un brillo de esperanza.

—Hola, Wilson, viejo amigo —dijo Tom, dándole una alegre palmada en el hombro—. ¿Qué tal va el negocio?

—No puedo quejarme —respondió sin mucho convencimiento Wilson—. ¿Cuándo va a venderme ese coche?

—La semana que viene; tengo a alguien ocupándose de eso ahora mismo.

—Pues no parece que se dé mucha prisa, ¿no?

—No —respondió con frialdad Tom—, pero si no lo quiere, siempre puedo vendérselo a otro.

—No quería decir eso —explicó atropelladamente Wilson—. Solo decía que...

Su voz se apagó y Tom observó el garaje con impaciencia. Luego oí pasos en las escaleras y al cabo de un instante la corpulenta silueta de una mujer tapó la luz que salía de la puerta del despacho. Tendría algo más de treinta años y era un poco rolliza, aunque aquel exceso de peso le confería una sensualidad característica de algunas mujeres. Su rostro, que asomaba de un vestido de crespón de seda azul oscuro, carecía del más mínimo rastro de belleza aunque enseguida se apreciaba en él una vitalidad, como si todos los nervios de su cuerpo estuviesen en constante tensión. Esbozó lentamente una sonrisa, pasó a través de su marido igual que si fuese un fantasma y le estrechó la mano a Tom mirándole a los ojos. Luego se humedeció los labios y sin darse la vuelta se dirigió a su marido con voz suave y vulgar:

—¿Por qué no traes unas sillas para que podamos sentarnos?

—Por supuesto —respondió enseguida Wilson, y entró en el despacho, donde inmediatamente se fundió con el color cemento de las paredes. Un polvillo blancuzco y ceniciento cubría su traje negro, su pelo claro y todas las demás cosas que le rodeaban excepto a su mujer, que se acercó a Tom.

—Quiero verte —dijo Tom en tono decidido—. Sube al próximo tren.

—De acuerdo.

—Te recogeré en el quiosco de periódicos del piso de abajo.

Ella asintió y se apartó de él justo cuando George Wilson salía con dos sillas de su despacho.

La esperamos en la carretera, donde no podían vernos. Faltaban unos días para el cuatro de julio y un chiquillo italiano escuálido y ceniciento estaba colocando unos petardos en fila a lo largo de la vía del tren.

—Un sitio terrible, ¿verdad? —dijo Tom cruzando una mirada con el doctor Eckleburg.

—Espantoso.

—Le viene bien salir de aquí.

—¿Y su marido no tiene objeción?

—¿Wilson? Cree que va a visitar a su hermana en Nueva York. Está tan atontado que ni siquiera sabe que está vivo.

Así que Tom Buchanan, su chica y yo fuimos juntos a Nueva York..., o no tan juntos, pues la señora Wilson subió discretamente a otro vagón. Una concesión de Tom a los habitantes de East Egg que pudiera haber en el tren.

Se había cambiado de vestido y se había puesto uno marrón de muselina estampada que le marcó las anchas caderas cuando Tom la ayudó a bajar al andén al llegar a Nueva York. En el quiosco de periódicos compró un ejemplar de *Town Tattle* y una revista de cine y, en la farmacia, una loción facial y un frasquito de perfume. Arriba, bajo la bóveda solemne y resonante de la entrada, dejó pasar cuatro taxis hasta que eligió uno nuevo de color lavanda con la tapicería gris, en el que salimos de la mole de la estación hacia la calle inundada de sol. Sin embargo, enseguida se apartó de la ventanilla, se inclinó hacia adelante y dio unos golpecitos en el cristal de separación.

—Quiero uno de esos perros —dijo en tono muy serio—. Quiero uno para el apartamento. Es bonito tener un perro.

El taxi dio marcha atrás hasta ponerse a la altura de un anciano canoso que tenía un absurdo parecido con

John D. Rockefeller. En una cesta que llevaba al cuello se encogían una docena de cachorritos muy pequeños de raza indeterminada.

—¿Qué tipo de perros son? —preguntó con interés la señora Wilson cuando el hombre se acercó a la ventanilla del taxi.

—De todo hay. ¿Qué perro quería usted, señora?

—Me gustaría uno de esos perros policías. No tendrá usted uno, ¿verdad?

El hombre miró con aire dubitativo hacia el interior de la cesta, metió la mano y sacó uno que se retorció cuando lo cogió de la piel del cuello.

—Eso no es un perro policía —dijo Tom.

—No. No es exactamente un perro policía —admitió el hombre con cierta decepción en la voz—. Es más bien un airedale. —Le pasó la mano por el lomo, que parecía un paño de cocina sucio—. Mire qué pelo. Con un pelo así no tendrá que preocuparse de que se le constipe.

—Es una monada —dijo entusiasmada la señora Wilson—. ¿Cuánto cuesta?

—¿Este perro? —El hombre lo miró con admiración—. Le costará diez dólares.

El airedale —no cabía duda de que en su concepción había intervenido un airedale, aunque tuviera las patas sorprendentemente blancas— cambió de manos y se instaló en el regazo de la señora Wilson, que acarició con arrobo su impermeable pelaje.

—¿Es chico o chica? —preguntó con delicadeza.

—¿Este perro? Es macho.

—Es una perra —objetó decidido Tom—. Aquí tiene el dinero. Vaya y cómprese otros diez perros.

Nos desviamos hacia la Quinta Avenida, tan cálida

y dulce, casi bucólica, aquel domingo de verano por la tarde, que no me habría sorprendido encontrarme un rebaño de ovejas blanquísimas a la vuelta de la esquina.

—Pare un momento... —le pedí al chófer—. Aquí os dejo.

—De eso nada —se interpuso enseguida Tom—. Myrtle se ofenderá si no vienes al apartamento. ¿Verdad, Myrtle?

—Venga usted con nosotros —me animó ella—. Telefonearé a mi hermana Catherine. Los entendidos dicen que es muy guapa.

—Me encantaría, pero...

Seguimos adelante y volvimos a atajar por el parque en dirección a la zona oeste, más allá de la calle Cien. Al llegar a la 158 el taxi se detuvo delante de un trozo de tarta blanca y alargada que al parecer no era sino un edificio de apartamentos. La señora Wilson miró a su alrededor como una reina a la vuelta del exilio, cogió al perro y las demás cosas que había comprado y entró en la casa con aire altivo.

—Les diré a los McKee que suban —anunció cuando entramos en el ascensor—. Y, claro, llamaré también a mi hermana.

El apartamento estaba en el último piso: una salita de estar, un comedor pequeño, un dormitorio pequeño y un baño. La salita estaba abarrotada con un juego de muebles demasiado grandes y tapizados con escenas de señoras columpiándose en los jardines de Versalles con las que uno tropezaba constantemente. Lo único que había en la pared era una fotografía muy ampliada que parecía ser de una gallina posada en una roca borrosa. No obstante, al contemplarla a cierta distancia la gallina resultaba ser un sombrero y se apreciaba el rostro de una anciana que miraba con aire resuelto hacia la habitación. Encima de la mesa había varios números de *Town Tattle*, un ejemplar de *Simon Called Peter* y algunas revistas de cotilleos de Broadway. La primera preocupación de la señora Wilson fue el perro. Un reacio ascensorista fue a buscar un poco de leche y un cajón lleno de paja, a lo que añadió por propia iniciativa una lata de galletas de perro grandes y duras, una de las cuales se estuvo deshaciendo apáticamente toda la tarde en un plato de leche. Entre tanto Tom sacó una botella de whisky de un buró cerrado con llave.

En toda mi vida solo me he emborrachado dos veces y la segunda fue esa tarde, por lo que todo lo que ocurrió está envuelto en una especie de neblina, aunque el apartamento estuvo inundado de sol hasta después de las ocho. Sentada en el regazo de Tom, la señora Wilson llamó por teléfono a varias personas; luego se terminaron los cigarrillos y salí a comprar un paquete al comercio de la esquina. Cuando regresé, los dos habían desaparecido, así que me senté discretamente en el salón y leí un capítulo de *Simon Called Peter*, que o era muy malo o el whisky me hizo distorsionar las cosas porque me pareció que no tenía ni pies ni cabeza.

En cuanto Tom y Myrtle —la señora Wilson y yo nos tuteamos después de la primera copa— reaparecieron, la gente empezó a llamar a la puerta del apartamento.

La hermana, Catherine, era una chica esbelta y mundana de unos treinta años con una espesa mata de cabello pelirrojo y el cutis empolvado de color blanco lechoso. Se había depilado las cejas para forzarlas a seguir un ángulo más atrevido, pero los esfuerzos de la naturaleza para volver al trazado original conferían a su rostro un aire borroso. Cada vez que se movía se oía el incesante repiqueteo de un sinfín de pulseras de cerámica que tintineaban arriba y abajo en sus brazos. Entró con tanta precipitación y autoridad y miraba a todas partes con un aire tan posesivo que pensé que debía de vivir allí. Pero cuando se lo pregunté soltó una carcajada, repitió mis palabras en voz alta y me aclaró que vivía con una amiga en un hotel.

El señor McKee era un hombre pálido y afeminado que vivía en el piso de abajo. Debía de haberse afeitado poco antes, porque le quedaba un poco de jabón en el pómulo, y fue muy respetuoso al saludar a todos los presentes. Me informó de que estaba en el «mundillo del arte» y luego deduje que era fotógrafo y el autor de la borrosa ampliación de la madre de la señora Wilson que colgaba de la pared como un ectoplasma. Su mujer era chillona, lánguida, guapa y horrible. Me contó con orgullo que su marido la había fotografiado ciento veintisiete veces desde que se casaron.

La señora Wilson se había cambiado de vestido un rato antes y llevaba puesto un recargado traje de tarde de gasa color crema que producía un continuo frufrú cuando se movía por la habitación. El cambio de vestido había alterado también su temperamento. La intensa vitalidad que tan evidente había sido en el garaje se había convertido en una impresionante altivez. Su risa, sus gestos, sus afirmaciones se hicieron más afectadas por momentos, y a medida que se volvía más expansiva la salita pareció empequeñecerse en torno a ella hasta que dio la impresión de girar en medio del aire cargado de humo sobre un pivote ruidoso y desvencijado.

—Cariño —le dijo a su hermana con un grito chillón—, la mayoría de esos tipos no pretenden más que estafarte. Solo piensan en el dinero. La semana pasada vino una mujer a hacerme la pedicura y cuando me pasó la factura cualquiera habría dicho que me había extirpado la *pendis*.

—¿Cómo se llamaba? —preguntó la señora McKee.

—Eberhardt. Se dedica a hacer la pedicura a domicilio.

—Me gusta tu vestido —observó la señora McKee—. Es adorable.

La señora Wilson rechazó el cumplido levantando una ceja con desdén.

—Es un trapo viejo que tenía por ahí —dijo—. Me lo pongo a veces cuando no quiero ir muy arreglada.

—Pues te queda de maravilla, no sé si me entiendes —insistió la señora McKee—. Si Chester pudiera retratarte en esa pose creo que sería una fotografía muy buena.

Todos miramos en silencio a la señora Wilson, que se quitó un mechón de pelo que le caía sobre los ojos y nos devolvió la mirada con una sonrisa deslumbrante. El señor McKee la miró fijamente con la cabeza ladeada y luego movió lentamente la mano delante de la cara.

—Cambiaría un poco la luz —dijo al cabo de un rato—. Me gustaría destacar el modelado de las facciones. Y trataría de resaltar la melena al fondo.

—No me parece necesario cambiar la luz —gritó la señora McKee—. Creo que es...

Su marido dijo: «¡Chis!» y todos miramos otra vez a la modelo mientras Tom Buchanan bostezaba audiblemente y se ponía en pie.

—Tomaos una copa —les dijo a los McKee—. Myrtle, saca un poco más de hielo y agua mineral antes de que todos se queden dormidos.

—Ya le he dicho a ese chico lo del hielo. —Myrtle alzó las cejas desesperada por la ineptitud de las clases inferiores—. ¡Menuda gente! Hay que estar detrás de ellos constantemente.

Me miró y se rio sin venir a cuento. Luego fue con muchos aspavientos a ver al perro, lo besó extasiada y entró en la cocina como si una docena de cocineros estuvieran allí esperando sus órdenes.

—He hecho un par de buenos trabajos en Long Island —afirmó el señor McKee. Tom lo miró con aire inexpresivo—. En nuestro apartamento tenemos dos enmarcados.

—¿Dos qué? —preguntó Tom.

—Dos estudios. Uno lo he titulado «Montauk Point: gaviotas» y el otro «Montauk Point: el mar».

Catherine, la hermana, se sentó a mi lado en el sofá.

—¿Usted también vive en Long Island? —preguntó.

—Vivo en West Egg.

—¿Ah, sí? Estuve allí en una fiesta hará cosa de un mes. En casa de un hombre llamado Gatsby. ¿Lo conoce?

—Vivo en la casa de al lado.

—Vaya, dicen que es sobrino o primo del káiser Guillermo. De ahí procede todo su dinero.

—¿De verdad?

Asintió.

—A mí me da miedo. No me gustaría que tuviese nada contra mí.

Tan fascinante información sobre mi vecino se vio interrumpida por la señora McKee, que señaló de pronto a Catherine.

—Chester, creo que deberías fotografiarla a ella

—empezó, pero el señor McKee se limitó a asentir con aire aburrido y se volvió para hablar con Tom.

—Me gustaría trabajar más en Long Island, si pudiera presentarme usted a alguien. Lo único que pido es una oportunidad.

—Habla con Myrtle —dijo Tom soltando una breve carcajada cuando la señora Wilson entró con una bandeja—. Ella te dará una carta de presentación, ¿a que sí, Myrtle?

—¿Qué? —preguntó ella con aire de sorpresa.

—Digo que le darás a McKee una carta de presentación para que pueda hacer algunos estudios a tu marido. —Sus labios se movieron en silencio un momento mientras inventaba un título—. «George B. Wilson junto al surtidor de gasolina», o algo por el estilo.

Catherine se inclinó hacia mí y me susurró al oído.

—Ninguno de los dos soporta a su pareja.

—¿Ah, no?

—No los pueden ni ver. —Miró a Myrtle y después a Tom—. Y lo que yo digo es: ¿por qué siguen viviendo con ellos si no los aguantan? Yo, en su lugar, me divorciaría y volvería a casarme.

—¿A ella tampoco le gusta Wilson?

Mis palabras recibieron una respuesta inesperada por parte de Myrtle, que había oído la pregunta y respondió de manera violenta y obscena.

—¿Lo ve? —gritó triunfal Catherine. Volvió a bajar la voz—. En realidad, la culpa es de su mujer. Es católica y ellos no creen en el divorcio. —Daisy no era católica y me sorprendió lo retorcido de aquella mentira—. Cuando por fin se casen —continuó Catherine—, se irán a vivir una temporada al Oeste, hasta que escampe la tormenta.

—Sería más discreto que se fuesen a Europa.

—¡Oh! ¿Le gusta a usted Europa? —exclamó sorprendida—. Acabo de volver de Montecarlo.

—¡No me diga!

—El año pasado. Fui con una amiga.

—¿Se quedó usted mucho tiempo?

—No, solo fuimos a Montecarlo y nos volvimos. Pasamos por Marsella. Teníamos mil doscientos dólares, pero nos limpiaron en dos días en los salones privados. No sabe lo mal que lo pasamos para volver. ¡Dios, cuánto odio esa ciudad!

El cielo vespertino se reflejó por un instante en la ventana como la miel azul del Mediterráneo; luego la voz chillona de la señora McKee me devolvió a la habitación.

—Yo estuve a punto de cometer el mismo error —declaró vigorosamente—. Faltó poco para que me casara con un judío bajito que llevaba años cortejándome. Sabía que no estaba a mi altura. Todo el mundo me lo decía: «¡Lucille, ese hombre no está a tu altura!». Pero si no hubiese conocido a Chester seguro que me habría pescado.

—Sí, pero oye —dijo Myrtle Wilson moviendo la cabeza arriba y abajo—. Al menos tú no te casaste con él.

—Desde luego.

—Pues yo sí —dijo ambiguamente Myrtle—. Ahí está la diferencia entre tu caso y el mío.

—¿Por qué lo hiciste, Myrtle? —preguntó Catherine—. Nadie te obligó.

Myrtle se quedó pensando.

—Me casé con él porque pensé que era un caballero —dijo por fin—. Creí que era un hombre con clase, pero resultó no ser digno ni de abrocharme los zapatos.

—Pasaste una temporada loca por él —dijo Catherine.

—¡Loca por él! —gritó Myrtle con incredulidad—. ¿Quién dice que estuviera loca por él? Nunca estuve más loca por él de lo que pudiera estarlo por ese hombre de ahí. —Me señaló de pronto con el dedo y todos me miraron con aire acusador. Traté de demostrar por mi expresión que no había tenido nada que ver con ella en el pasado—. La única locura que cometí fue casarme con él. Enseguida comprendí que había cometido un error. Le pidió prestado un traje a no sé quién para la boda y ni siquiera me lo dijo, y el dueño vino a buscarlo un día que él había salido. —Miró a su alrededor para ver quién estaba escuchando—. «¡Ah! ¿El traje es suyo?», le dije. «No tenía ni idea.» Pero se lo di y me pasé la tarde en la cama llorando a moco tendido.

—Tendría que separarse de él —siguió diciéndome Catherine—. Llevan once años viviendo en ese garaje. Y Tom es el primer amigo que ha tenido.

La botella de whisky —la segunda— estaba siendo muy solicitada por todos los presentes, excepto por Catherine, que «se sentía igual de bien sin beber nada». Tom llamó al portero y le envió a comprar unos famosos bocadillos que eran una cena de lo más completa. Yo quería salir y pasear en dirección este hacia el parque bajo el tibio crepúsculo, pero cada vez que lo intentaba me enredaba en alguna discusión chillona y descabellada que me retenía como si me hubiesen atado a la silla con una cuerda. Sin embargo, la hilera de ventanas iluminadas en lo alto del edificio debió de añadir cierto misterio a la vida de algún viandante que pasara por la calle en penumbra, y me puse en su lugar mirando intrigado hacia arriba. Estuve dentro y fuera, cautivado y repelido al mismo tiempo por la inagotable variedad de la vida.

Myrtle acercó su silla a la mía y de pronto su cálido aliento vertió sobre mí la historia de cómo había conocido a Tom.

—Fue en esos transportines que están uno enfrente de otro y que son los últimos en ocuparse en el tren. Yo iba a Nueva York a ver a mi hermana y tenía intención de quedarme a pasar allí la noche. Él llevaba un traje de etiqueta y zapatos de charol y yo no podía quitarle los ojos de encima, aunque cada vez que me miraba disimulaba y hacía como si estuviese leyendo los anuncios que había arriba. Al llegar a la estación, se puso a mi lado y me rozó el brazo con la pechera de la camisa blanca, así que le dije que iba a llamar a un policía, pero él supo que mentía. Estaba tan nerviosa cuando nos metimos en el taxi que ni siquiera me di cuenta de que no estábamos subiendo al metro. No hacía más que pensar: «Solo se vive una vez, solo se vive una vez». —Se volvió hacia la señora McKee y llenó la habitación con su risa artificial—. Querida —gritó—, te voy a regalar este vestido en cuanto me lo quite. Mañana tengo que pasar a recoger uno nuevo. Voy a hacer una lista con todas las cosas que tengo que hacer. Ir a darme un masaje y a ondularme el pelo, comprar un collar para el perro y uno de esos ceniceros tan monos que se abren al apretar un botón, y una corona con una cinta de seda negra para la tumba de mi madre que dure hasta el verano que viene. Tengo que hacer una lista para no olvidarme de nada.

Eran las nueve —casi inmediatamente después miré el reloj y vi que eran las diez—. El señor McKee se había dormido en una silla con los puños apretados sobre el estómago, como una fotografía de un hombre de acción. Saqué el pañuelo y le quité de la mejilla los restos secos de jabón de afeitar que me habían obsesionado toda la tarde.

El cachorrito estaba sentado en la mesa mirando sin ver a través del humo y de vez en cuando gruñía un poco. La gente desaparecía, volvía a aparecer, hacía planes de ir a alguna parte, y luego se separaba, se buscaba y volvía a encontrarse a pocos metros de donde estaba. Poco después de medianoche Tom Buchanan y la señora Wilson se pusieron a discutir apasionadamente sobre si ella tenía derecho a pronunciar el nombre de Daisy.

—¡Daisy, Daisy, Daisy! —gritó la señora Wilson—. ¡Lo diré cuantas veces quiera! ¡Daisy! ¡Dai...!

Con un hábil manotazo, Tom Buchanan le rompió la nariz.

Luego todo fueron toallas ensangrentadas en el cuarto de baño y voces femeninas que hablaban en tono de reproche, y por encima de aquella confusión un largo y entrecortado gemido de dolor. El señor McKee despertó de su sopor y se dirigió aturdido hacia la puerta. A mitad de camino se volvió para contemplar la escena: su mujer y Catherine reñían y consolaban mientras iban de aquí para allá con artículos del botiquín y tropezaban con los muebles que abarrotaban el apartamento, y la triste figura del sofá sangraba copiosamente y trataba de extender un ejemplar de *Town Tattle* sobre las escenas versallescas de la tapicería. Luego el señor McKee dio media vuelta y continuó hacia la salida. Cogí el sombrero de encima de un candelabro y le seguí.

—Quedemos un día para comer —propuso mientras bajábamos en el chirriante ascensor.

—¿Dónde?

—En cualquier parte.

—No toque la palanca —le espetó el ascensorista.

—Usted perdone —replicó con dignidad el señor McKee—. No me había dado cuenta.

—De acuerdo —acepté—, con mucho gusto.

...yo me hallaba de pie junto a su cama, y él sentado entre las sábanas, en ropa interior y con una enorme carpeta en la mano.

La bella y la bestia... Soledad... El viejo percherón de la verdulería... El puente de Brooklyn...

Después amanecí tumbado y medio dormido en un frío andén en el nivel subterráneo de la Estación de Pensilvania, hojeando el *Tribune* de la mañana y esperando el tren de las cuatro.

Capítulo 3

En las noches de verano llegaba música de casa de mi vecino. Sus azulados jardines se llenaban de hombres y mujeres que pululaban como polillas de aquí para allá entre los susurros, el champán y las estrellas. Por la tarde cuando la marea estaba alta, yo veía a sus invitados saltar al agua desde el trampolín de la plataforma flotante o tomar el sol en la arena caliente de la playa mientras sus dos lanchas motoras hendían las aguas del estrecho tirando de esquiadores acuáticos entre cataratas de espuma. Los fines de semana, su Rolls Royce se transformaba en un autobús que llevaba y traía a la gente a la ciudad desde las nueve de la mañana hasta pasada la medianoche, mientras su camioneta corría como un enérgico insecto amarillo a recoger a los que llegaban en tren. Y los lunes ocho criados, incluido un jardinero adicional, pasaban el día atareados con fregonas, cepillos, martillos y tijeras de podar, reparando los destrozos de la noche anterior.

Todos los viernes llegaban cinco cajas de naranjas y limones de una frutería de Nueva York, y todos los lunes esas mismas naranjas y limones salían por la puerta de atrás convertidas en una pirámide de mitades sin pulpa. En la cocina había una máquina capaz de exprimir doscientas naranjas en media hora si el dedo de un mayordomo pulsaba doscientas veces un botoncito.

Al menos una vez cada quince días, un ejército de proveedores acudía con cientos de metros de lona y suficientes farolillos de colores para convertir el enorme jardín de Gatsby en un árbol de Navidad. En las mesas del bufé, decoradas con relucientes canapés, los jamones cocidos con especias se agolpaban contra ensaladas de diseños arlequinados, cochinillos recubiertos de hojaldre y pavos que parecían haber adquirido por arte de magia un oscuro color dorado. En el vestíbulo principal instalaban una barra de bar auténtica provista de ginebras, licores y espirituosos tanto tiempo olvidados que la mayoría de sus invitadas femeninas eran demasiado jóvenes para diferenciar unos de otros.

A las siete en punto ha llegado la orquesta, y no se trata de un mísero quinteto, sino de oboes, trombones, saxofones, violas, trompetas, flautines, bombos y timbales suficientes para llenar el foso de una sala de conciertos. Los últimos bañistas acaban de llegar de la playa y se están cambiando en el piso de arriba; los coches de Nueva York están aparcados en quinta fila en el camino de entrada, y los vestíbulos, los salones y las verandas están inundadas de colores primarios, cortes de pelo modernos y atrevidos y mantones que harían palidecer a los de Castilla. El bar está a pleno rendimiento y las constantes rondas de cócteles impregnan el jardín de fuera hasta que el aire bulle de risas y conversaciones, de indirectas y presentaciones informales que se olvidan en el acto, y de entusiasmados encuentros entre mujeres que nunca han sabido cómo se llaman las otras.

Las luces se vuelven más brillantes a medida que la Tierra se aleja del Sol a trompicones y ahora la orquesta está interpretando música de cóctel amarillo y el coro de voces se vuelve un tono más agudo. Minuto a minuto, las risas se vuelven más distendidas, se derraman con generosidad y se prodigan las palabras alegres. Los grupos cambian con mayor rapidez para incluir a los recién llegados, se disuelven y se forman con la misma facilidad; ya empieza a haber nómadas, chicas seguras de sí mismas que picotean aquí y allá entre los corrillos más sólidos y estables, se convierten por un breve y alborozado momento en el centro de un grupo y luego se deslizan, emocionadas por su triunfo, en el cambiante mar de rostros, voces y colores bajo la luz constantemente variable.

De pronto, una de esas nómadas vestida de ópalos temblorosos atrapa un cóctel que pasa volando, se lo embucha para infundirse ánimos y se pone a bailar sola en la pista de lona moviendo las manos como Joe Frisco. Un susurro momentáneo; el director de la orquesta cambia el ritmo para acompañarla y se produce una explosión de cuchicheos cuando corre la errónea noticia de que se trata de la suplente de Gilda Gray en las *Zigfield Follies*. Ha empezado la fiesta.

La primera noche que estuve en la mansión de Gatsby debí de contarme entre los pocos que de verdad habían sido invitados. La gente no esperaba a que la invitaran, sencillamente se dejaban caer por allí. Subían a automóviles que los llevaban a Long Island y de un modo u otro acababan ante la puerta de Gatsby. Una vez en la casa, alguien que conocía al anfitrión los

presentaba y después se comportaban como si estuvieran en un parque de atracciones. A veces llegaban y se marchaban sin ver siquiera a Gatsby, acudían a la fiesta con una sencillez que era como un billete de entrada.

Yo sí había sido invitado. Un chófer con un uniforme azul como el huevo de un petirrojo cruzó mi jardín ese sábado por la mañana con una nota sorprendentemente formal de su patrón. Sería un honor para él, decía, que pudiera asistir a su «pequeña fiesta» de esa noche. Me había visto varias veces y llevaba tiempo queriendo hacerme una visita, pero una peculiar combinación de circunstancias se lo había impedido; y firmaba Jay Gatsby con majestuosa caligrafía.

Me puse un pantalón blanco de franela, y me dejé caer por su jardín poco después de las siete; estuve paseando un poco incómodo entre remolinos y torbellinos de personas a quienes no conocía, aunque aquí y allá reconocí alguna cara que había visto en el tren. Enseguida me sorprendió la gran cantidad de jóvenes ingleses que pululaban por el jardín; todos muy bien vestidos, todos con aire un poco ansioso y todos hablando muy serios y con voz grave con americanos prósperos y respetables. Me dio la impresión de que estaban vendiendo alguna cosa: bonos, seguros o automóviles. O al menos eran conscientes de que cerca de allí había dinero fácil y parecían convencidos de poder conseguirlo si decían las palabras adecuadas.

En cuanto llegué, hice un intento de saludar a mi anfitrión, pero las dos o tres personas a quienes pregunté por él me miraron con un aire tan perplejo y negaron con tanta vehemencia tener la menor idea de dónde pudiera encontrarse que me escabullí hasta la mesa de los cócteles, el único sitio donde uno podía quedarse sin parecer solo e indeciso.

Iba camino de coger una buena curda por pura timidez cuando Jordan Baker salió de la casa y se detuvo en lo alto de las escaleras de mármol, levemente inclinada hacia atrás mientras observaba el jardín desdeñosa.

Tanto si era bienvenido como si no, creí necesario relacionarme con alguien a fin de eludir el riesgo de acabar saludando cordialmente a los desconocidos.

—¡Hola! —exclamé al tiempo que avanzaba hacia ella. Mi voz resonó extrañamente alta y hueca.

—Supuse que estaría usted por aquí —respondió con aire ausente cuando llegué a su lado—. Recordaba que vivía al lado de...

Me dio la mano con aire impersonal, como prometiéndome que me atendería al cabo de un minuto, y concentró toda su atención en dos chicas con vestidos amarillos idénticos que se detuvieron al pie de las escaleras.

—¡Hola! —gritaron las dos al unísono—. Es una lástima que no ganara. —Se referían al campeonato de golf cuya final había perdido una semana antes—. No sabe quiénes somos —dijo una de las chicas de amarillo—, pero nos conocimos aquí hará cosa de un mes.

—Será que os habéis teñido el pelo... —respondió Jordan, y yo di un respingo, pero las dos chicas siguieron su camino como si tal cosa y su observación pareció dirigida a la luna prematura y dio la impresión de haber surgido, igual que la cena, de la cesta de algún proveedor. Con el brazo esbelto y dorado de Jordan apoyado en el mío, descendimos las escaleras y paseamos por el jardín. Una bandeja de cócteles flotó hasta nosotros en el crepúsculo y nos sentamos a una mesa con las dos chicas de amarillo y tres hombres a quienes nos presentaron uno por uno como el señor Murmullos.

—¿Viene a menudo a estas fiestas? —preguntó Jordan a la chica que tenía al lado.

—No había vuelto desde el día en que nos conocimos —respondió la chica en tono despierto y segura de sí misma. Luego se volvió hacia su compañera—. Tú tampoco, ¿no, Lucille?

Lucille tampoco había vuelto desde entonces.

—Me gusta venir aquí —dijo Lucille—. Puede una hacer lo que quiera, así que siempre lo paso bien. La última vez se me enganchó el vestido en una silla, y él me preguntó mi nombre y mi dirección; al cabo de una semana recibí un paquete de Croirier's con un traje de noche nuevo.

—¿Y lo aceptó usted? —preguntó Jordan.

—Por supuesto. Iba a ponérmelo esta noche, pero me quedaba un poco grande en el busto y he tenido que arreglarlo. Es azul con lentejuelas de color lavanda. Doscientos sesenta y cinco dólares.

—Es un poco raro que hiciera algo así —dijo emocionada la otra joven—. No quiere tener problemas con nadie.

—¿Quién? —pregunté.

—Gatsby. Me han contado que... —Las dos chicas y Jordan se inclinaron con aire misterioso—. Bueno..., por lo visto, en una ocasión mató a un hombre.

Todos sentimos un escalofrío. Los tres señores Murmullos se inclinaron y escucharon muy interesados.

—No creo que se trate de eso —argumentó escéptica Lucille—, lo que pasa es que durante la guerra se dedicó a espiar para los alemanes.

Uno de los hombres asintió para confirmarlo.

—Se lo he oído contar a uno que lo conocía bien y que se crio con él en Alemania —afirmó muy convencido.

—¡Qué va! —objetó la primera chica—, eso es imposible porque en la guerra estuvo en el ejército americano. —Al notar que nuestra credulidad volvía a inclinarse hacia ella, la chica se adelantó entusiasmada—. Fíjense en él cuando cree que nadie lo está mirando. Apuesto lo que sea a que mató a un hombre.

Entornó los ojos y se estremeció. Lucille también se estremeció. Los demás nos volvimos en busca de Gatsby. Una prueba de las especulaciones novelescas que inspiraba era que casi todos los que cuchicheaban sobre él eran gente que no creía necesario bajar la voz para hablar de casi nada.

Estaban sirviendo la primera cena —habría otra después de medianoche— y Jordan me invitó a unirme a su grupo, que estaba repartido en torno a una mesa al otro lado del jardín. Eran tres parejas casadas y el acompañante de Jordan, un insistente estudiante universitario aficionado a las insinuaciones groseras y que evidentemente estaba convencido de que antes o después Jordan acabaría entregándose a él en mayor o menor grado. En lugar de ir y venir, aquel grupo había conservado una digna homogeneidad como si estuviese allí en representación de la sobria aristocracia rural. East Egg condescendía así con West Egg y se mantenía cuidadosamente en guardia contra su espectroscópica alegría.

—Vámonos —susurró Jordan al cabo de media hora inane y desperdiciada—. Esto es demasiado educado para mí.

Nos pusimos en pie y ella se excusó diciendo que íbamos a buscar a nuestro anfitrión. Yo no lo conocía, explicó, y me sentía incómodo. El estudiante asintió con aire cínico y melancólico.

El bar, adonde fuimos en primer lugar, estaba abarrotado, pero Gatsby no se encontraba allí. Jordan no consiguió verlo desde lo alto de las escaleras y tampoco se hallaba en la veranda. Probamos suerte detrás de una puerta de aspecto imponente y entramos en una biblioteca del periodo gótico clásico, forrada de paneles de roble inglés tallado y que probablemente hubiesen trasladado completa de algún edificio en ruinas al otro lado del océano.

Sentado en el borde de una mesa, había un individuo de mediana edad, corpulento y con unas gafas enormes que le daban apariencia de búho; tenía pinta de estar bastante borracho y contemplaba con vacilante concentración los estantes repletos de libros. Al entrar nosotros se volvió, muy agitado, e inspeccionó a Jordan de pies a cabeza.

—¿Qué opinan ustedes? —preguntó impetuoso.

—¿De qué?

Señaló los estantes con un gesto.

—De esto. No se molesten en comprobarlo. Ya lo he hecho yo. Son auténticos.

—¿Los libros?

El otro asintió.

—No pueden ser más auténticos..., con sus páginas y todo. Pensé que serían bonitas y resistentes imitaciones de cartón piedra. Pero no pueden ser más auténticos. Con sus páginas y... ¡Miren! Permitan que les muestre. —Dio por descontado nuestro escepticismo y se abalanzó sobre uno de los estantes, de donde volvió con el primer volumen de las *Conferencias* de Stoddard—. ¡Miren! —exclamó en tono triunfal—. Un ejemplo genuino de material impreso. Ha conseguido engañarme. Ni Belasco en Broadway lo habría hecho mejor. Es todo un triunfo. ¡Qué minuciosidad! ¡Qué realismo! Y además sabe cuándo parar..., no ha cortado las páginas. Pero ¿qué querían? ¿Qué esperaban? —Me quitó el libro de las manos y volvió a ponerlo apresuradamente en su sitio murmurando que si quitaban un solo ladrillo podía desplomarse todo el edificio—. ¿Quién les ha traído? ¿O han venido sin más? A mí me han traído. Igual que a casi todo el mundo. —Jordan lo miró con aire despierto y alegre y no respondió—. A mí me ha traído una tal Roosevelt —prosiguió el otro—. La señora Claud Roosevelt. ¿Les suena? La conocí anoche no sé dónde. Llevo una semana borracho y he pensado que si me sentaba un rato en la biblioteca me despejaría.

—¿Y ha funcionado?

—Creo que un poco. Todavía es demasiado pronto para decirlo. Solo llevo aquí una hora. ¿Les he dicho lo de los libros? Son auténticos. Son...

—Sí, ya nos lo ha dicho.

Le estrechamos la mano muy serios y volvimos a salir.

La gente había empezado a bailar sobre la pista de lona; había viejos que empujaban hacia atrás a jovencitas y describían eternos círculos sin la menor gracia; parejas con aire de superioridad que se abrazaban de manera tortuosa y elegante y se quedaban en los rincones..., y un gran número de chicas que bailaban solas o aliviaban por un momento a la orquesta del peso del banjo o de alguno de los instrumentos de percusión. A medianoche, la diversión había ido en aumento. Un famoso tenor había cantado en italiano y una conocida contralto había cantado en clave de jazz, y entre número y número la gente interpretaba «escenas» en el jardín mientras las risas vacuas y felices se alzaban en el cielo veraniego. Un par de gemelas de guardarropía —que resultaron ser las chicas de amarillo— actuaron disfrazadas de bebés y se sirvió champán en copas más grandes que esos cuencos que se usan para lavarse los dedos. La luna estaba alta y en el estrecho flotaba un triángulo de escamas plateadas que temblaban un poco al son rígido y metálico de los banjos.

Yo seguía aún con Jordan Baker. Estábamos sentados a una mesa con un hombre más o menos de mi edad y una jovencita escandalosa que soltaba incontrolables carcajadas a la menor ocasión. Me estaba divirtiendo. Me había bebido dos cuencos de champán y la escena había cambiado ante mis ojos y había cobrado un significado profundo y elemental.

En una pausa en la diversión, el hombre me miró y sonrió.

—Su cara me resulta familiar —dijo con mucha educación—. ¿No sirvió usted en la Tercera División en la guerra?

—Pues sí. Con el Noveno Batallón de ametralladoras.

—Yo estuve con el Séptimo de Infantería hasta junio de 1918. Sabía que le había visto en alguna parte. —Hablamos un momento de algunos pueblecitos franceses grises y húmedos. Por lo visto vivía en el vecindario, pues me contó que acababa de comprarse un hidroavión e iba a probarlo por la mañana—. ¿Quiere venir a probarlo conmigo, socio? Recorreremos la orilla del estrecho.

—¿A qué hora?

—Cuando le venga mejor.

Estaba a punto de preguntarle su nombre cuando Jordan miró a su alrededor y sonrió.

—¿Se divierte? —preguntó.

—Mucho más que antes. —Me volví hacia mi nuevo compañero—. Esta fiesta me resulta un poco rara. Ni siquiera he visto al anfitrión. Vivo ahí al lado. —Señalé con un gesto el seto invisible en la distancia—. Ese tal Gatsby me envió a su chófer con una invitación.

Por un momento me miró como si no acertara a comprender lo que le decía.

—Yo soy Gatsby —dijo de pronto.

—¡Qué! —exclamé—. Le pido disculpas.

—Pensé que lo sabía, socio. Me temo que no soy muy buen anfitrión.

Esbozó una sonrisa comprensiva..., mucho más que comprensiva. Una de esas raras sonrisas eternamente tranquilizadoras con las que uno se topa cuatro o cinco veces en la vida. Se enfrentaba por un instante —o al menos eso parecía— al mundo exterior, y luego se concentraba en ti con un irresistible prejuicio en tu favor. Te entendía tanto como quisieras, creía en ti tanto como tú creyeses en ti mismo y te daba a entender que habías causado exactamente la impresión que esperabas transmitir. Justo en ese momento, desapareció de su rostro... y me quedé contemplando a un joven y elegante patán de treinta y uno o treinta y dos años, cuya rebuscada forma de hablar rozaba casi lo absurdo. Poco antes de que se presentara a sí mismo, ya me había dado la clara impresión de que escogía sus palabras con mucho cuidado.

Justo cuando el señor Gatsby acababa de identificarse, llegó un apresurado mayordomo con la información de que lo llamaban por teléfono de Chicago. Se excusó con una leve inclinación de cabeza que nos incluyó a todos.

—Si necesita alguna cosa, no tiene más que pedirlo, socio —me insistió—. Lo lamento. Ya nos veremos más tarde.

En cuanto se marchó me volví hacia Jordan, obligado a mostrarle mi sorpresa, pues había dado por sentado que el señor Gatsby sería un hombre corpulento y rubicundo de mediana edad.

—¿Quién es? —pregunté—. ¿Lo sabe usted?

—Es solo un tipo que se llama Gatsby.

—Digo que de dónde es y a qué se dedica.

—La eterna pregunta —respondió con una vaga sonrisa—. No sé..., una vez me dijo que había estudiado en Oxford. —Un vago pasado empezó a cobrar forma tras él, pero con su siguiente observación volvió a desdibujarse—. De todos modos, yo no me lo creo.

—¿Por qué no?

—No sé —insistió—. No creo que estudiara allí. —Su tono de voz me recordó a lo de «Creo que mató a un hombre» que había dicho la otra chica y tuvo el efecto de estimular mi curiosidad. Habría aceptado sin dudarlo la información de que Gatsby procedía de los pantanos de Louisiana o del Lower East Side de Nueva York. Eso tenía sentido. Pero los jóvenes, al menos según mi provinciana experiencia, no surgen sin más de la nada y se compran un palacio en el estrecho de Long Island—. El caso es que da fiestas multitudinarias —dijo Jordan cambiando de asunto con la típica aversión por lo concreto de la gente de la ciudad—. Y a mí me gustan las fiestas multitudinarias. Son mucho más íntimas. En las fiestas pequeñas una no tiene intimidad.

Se oyó el sonido del bombo y la voz del director de la orquesta sonó de pronto sobre la ecolalia del jardín.

—Damas y caballeros —gritó—. A petición del señor Gatsby, vamos a interpretar para ustedes la última obra del señor Vladimir Tostoff que tanta expectación despertó en el Carnegie Hall el pasado mayo. Si leen los periódicos sabrán que causó sensación. —Sonrió con jovial condescendencia y añadió—: ¡Mucha sensación! —Y todos se echaron a reír—. La pieza se titula: *Historia jazzística del mundo*, por Vladimir Tostoff.

No pude apreciar la calidad de la composición del señor Tostoff porque justo al empezar reparé en el señor Gatsby, que estaba de pie en las escaleras de mármol contemplando los distintos corrillos con un gesto de aprobación. Tenía la piel tersa y bronceada y su cabello corto daba la impresión de que se lo cortaran a diario. No vi en él nada de siniestro. Me pregunté si el hecho de que no estuviese bebiendo serviría para distanciarlo de sus invitados, porque me dio la impresión de que se volvía más correcto a medida que aumentaba el fraternal alborozo. Cuando terminó la *Historia jazzística del mundo*, había chicas que apoyaban como cachorritos la cabeza en el hombro de sus acompañantes y chicas que se dejaban caer extasiadas de espaldas en brazos de hombres e incluso en mitad de un grupo sabiendo que alguien detendría su caída..., pero nadie se desplomó en brazos de Gatsby, ninguna melena corta rozó su hombro, ni se formó ningún cuarteto de cantantes en el que él participara.

—Disculpen.

El mayordomo de Gatsby apareció de pronto a nuestro lado.

—¿Señorita Baker? —preguntó—. Disculpe, pero al señor Gatsby le gustaría hablar con usted a solas.

—¿Conmigo? —preguntó ella sorprendida.

—Sí, madame.

Ella se puso en pie lentamente enarcando las cejas con un gesto de sorpresa y siguió al mayordomo hacia la casa. Reparé en que el traje de noche, igual que todos sus vestidos, le quedaba como si fuese ropa deportiva, ya que imprimía a todos sus movimientos la vivacidad de quien ha dado sus primeros pasos en campos de golf en mañanas frías y despejadas.

Me había quedado solo y eran casi las dos. Llevaba un tiempo oyendo extraños e intrigantes sonidos procedentes de una habitación alargada y con muchas ventanas que daba a la terraza. Tras dar esquinazo al estudiante universitario de Jordan, que estaba inmerso en una conversación obstétrica con un par de coristas y me imploró que le acompañara, entré en la casa.

La habitación estaba llena de gente. Una de las chicas de amarillo se había sentado al piano y a su lado había una joven alta y pelirroja de un coro famoso entonando una canción. Había bebido bastante champán y mientras cantaba había decidido torpemente que todo era muy, muy triste, así que además de cantar se había echado a llorar. Cada vez que hacía una pausa la llenaba de sollozos entrecortados y luego retomaba la letra con una temblorosa voz de soprano. Las lágrimas corrían por sus mejillas, aunque no en total libertad pues al entrar en contacto con sus pestañas muy maquilladas se teñían del color de la tinta y solo después seguían su camino formando negros y lentos riachuelos. Alguien sugirió humorísticamente que cantara la partitura que se le había dibujado en la cara y al oírlo ella alzó las manos, se desplomó en una silla y se sumió en un sueño profundo y alcohólico.

—Ha discutido con un hombre que dice que es su marido —me explicó una chica que tenía al lado.

Miré a mi alrededor. La mayoría de las mujeres que quedaban estaban enzarzadas en discusiones con hombres que afirmaban ser sus maridos. Incluso el grupo de Jordan, el cuarteto de East Egg, estaba dividido por las disensiones. Uno de los hombres estaba hablándole con peculiar vehemencia a una joven actriz, y su mujer, después de intentar burlarse de la situación afectando dignidad e indiferencia, se vino abajo por completo y recurrió a atacarle por los flancos: de vez en cuando se plantaba de pronto a su lado como un diamante airado y le susurraba al oído: «¡Lo prometiste!».

No solo los hombres descarriados se mostraban reticentes a volver a casa. En el vestíbulo había dos individuos deplorablemente sobrios y sus indignadas esposas. Las dos mujeres se compadecían mutuamente en voz un poco más alta de la cuenta.

—Siempre que ve que lo estoy pasando bien quiere volver a casa.

—En mi vida había oído nada tan egoísta.

—Siempre somos los primeros en marcharnos.

—Y nosotros.

—Pues esta noche casi somos los últimos —apuntó tímidamente uno de ellos—. Hace media hora que se ha ido la orquesta.

A pesar de la convicción de ambas mujeres de que tanta maldad era sencillamente increíble, la disputa concluyó tras un leve forcejeo cuando a las dos las cogieron en volandas y desaparecieron pataleando en mitad de la noche.

Mientras esperaba en el vestíbulo a que me trajeran el sombrero, se abrió la puerta de la biblioteca y vi salir a Gatsby en compañía de Jordan Baker. Él le estaba diciendo una última cosa, pero su vehemencia se transformó de pronto en formalidad cuando varias personas se le acercaron para despedirse.

El grupo de Jordan la estaba llamando impaciente desde el porche, pero ella se quedó un momento a estrecharme la mano.

—Me acabo de enterar de algo increíble —susurró—. ¿Cuánto tiempo hemos pasado ahí dentro?

—Pues no sé..., cerca de una hora.

—Ha sido..., sencillamente extraordinario —repitió abstraída—. Pero he jurado no decir nada y estoy poniéndole a usted los dientes largos. —Bostezó con elegancia ante mi cara—. Por favor, venga a verme... Guía telefónica... A nombre de la señora Sigourney Howard... Mi tía... —Se alejó a toda prisa mientras hablaba..., su mano bronceada esbozó un gesto confiado mientras se fundía con su grupo al llegar a la puerta.

Un poco avergonzado por haberme quedado hasta tan tarde en mi primera visita, me reuní con los últimos invitados, que se habían arremolinado en torno a Gatsby. Quería explicarle que lo había estado buscando toda la tarde y disculparme por no haberle reconocido en el jardín.

—No se disculpe —me exigió con entusiasmo—. No le dé más vueltas, socio. —Aquella expresión familiar no demostró tanta familiaridad como la mano que se apoyó tranquilizadoramente en mi hombro—. Y no olvide que mañana a las nueve hemos quedado para ir a probar el hidroavión.

Luego el mayordomo le susurró por detrás del hombro:

—Le llaman de Filadelfia por teléfono, señor.

—De acuerdo, solo será un minuto. Dígales que ahora mismo voy... Buenas noches.

—Buenas noches.

—Buenas noches. —Sonrió... y de pronto, el hecho de haber sido uno de los últimos en marcharme adquirió un agradable significado, como si él lo hubiese deseado todo el tiempo—. Buenas noches, socio... Buenas noches.

Pero al bajar por las escaleras vi que la velada aún no había concluido. A quince metros de la puerta una docena de faros iluminaban una escena extraña y tumultuosa. En la cuneta de la carretera, sin volcar pero con una rueda arrancada violentamente, había un coupé nuevo que había partido de casa de Gatsby apenas dos minutos antes. Un saliente en una pared era el responsable de la rotura de la rueda que tanto atraía la atención de media docena de conductores curiosos. Al salir de sus vehículos habían bloqueado la carretera y hacía ya un tiempo que los discordantes bocinazos de los de atrás se habían añadido a la ya de por sí violenta confusión de aquella escena.

Un hombre con un largo guardapolvo se había apeado del coche accidentado y estaba en mitad de la carretera contemplando el coche, el neumático y a los espectadores con complacida perplejidad.

—¡Miren! —explicaba—. Se ha metido en la cuneta.

Aquello parecía causarle una sorpresa infinita y enseguida reconocí primero la peculiar cualidad de aquel asombro y luego al tipo: el último visitante de la biblioteca de Gatsby.

—¿Qué ha pasado?

Se encogió de hombros.

—No tengo ni la más mínima idea de mecánica —dijo en tono decidido.

—Pero ¿cómo ha sido? ¿Ha chocado usted contra el muro?

—A mí no me pregunte —respondió Ojos de Búho desentendiéndose de aquel asunto—. Apenas sé conducir. Solo sé que ha ocurrido.

—Pues si es tan mal conductor no debería conducir de noche.

—Pero si ni siquiera lo he intentado —explicó indignado el otro—. Ni lo he intentado.

Entre los presentes se hizo un silencio de asombro.

—¿Es que quiere usted suicidarse?

—¡Tiene suerte de que solo haya sido la rueda! Un mal conductor y dice que ni siquiera ha intentado conducir.

—No lo entienden —explicó el criminal—. No conducía yo. Hay otro tipo en el coche.

La sorpresa que causó su declaración encontró respuesta en un prolongado «¡Ahhh!» cuando la puerta del coupé se abrió lentamente. La multitud —a esas alturas ya era una multitud— retrocedió como por instinto y cuando la puerta terminó de abrirse se produjo un momento de expectación. Luego, muy poco a poco, un paso tras otro, un individuo pálido y tambaleante salió del coche accidentado y pisó con cuidado en el suelo con un gran zapato de baile.

Cegado por el resplandor de los faros y confundido por el incesante aullido de los bocinazos, la aparición vaciló un instante hasta que reparó en el hombre del guardapolvo.

—¿Qué ha pasado? —preguntó con calma—. ¿Se ha acabado la gasolina?

—¡Mire!

Media docena de dedos apuntaron a la rueda amputada. El otro se quedó mirándola fijamente y luego miró hacia arriba como si sospechara que hubiera caído del cielo.

—Se ha salido —le explicó alguien.

Él asintió.

—Al principio no me di cuenta de que nos habíamos parado. —Hizo una pausa. Luego tomó aliento, sacó pecho y preguntó con voz decidida—: ¿Les importaría indicarme dónde hay una gasolinera? —Al menos una docena de individuos, algunos en mejor estado que él, le explicaron que entre la rueda y el automóvil no existía ya ningún vínculo físico—. Aparten —sugirió al cabo de un rato—. Daré marcha atrás.

—¡Pero si se ha salido la rueda!

Dudó.

—No se pierde nada por intentarlo.

El aullido de las bocinas seguía *in crescendo*, así que di media vuelta y atajé por el césped para regresar a casa. Volví la vista una vez. Una luna que parecía una oblea brillaba sobre la mansión de Gatsby, hacía que la noche fuese tan hermosa como antes y sobrevivía a las risas y los ruidos de su todavía resplandeciente jardín. Un repentino vacío pareció fluir de las ventanas y las grandes puertas y aisló por completo la figura del anfitrión, que seguía en el porche con la mano alzada en un gesto formal de despedida.

Al releer lo que llevo escrito, veo que he dado la impresión de que los hechos ocurridos en tres noches de diferentes semanas absorbieron por completo mi atención. Sin embargo, fueron solo acontecimientos sin mayor importancia en un verano muy ajetreado y, hasta más adelante, me ocuparon muchísimo menos que mis asuntos personales.

La mayor parte del tiempo la dediqué a trabajar. A primera hora de la mañana el sol arrojaba ya mi sombra hacia el oeste mientras me apresuraba entre los blancos abismos del barrio comercial de Nueva York en dirección al Probity Trust. Conocía a los demás empleados y corredores de Bolsa por su nombre y comía con ellos salchichas de cerdo y puré de patatas acompañados de café en restaurantes oscuros y abarrotados. Incluso tuve un breve amorío con una chica que vivía en Jersey City y trabajaba en el departamento de contabilidad, pero su hermano empezó a echarme miradas aviesas y cuando ella se fue de vacaciones en julio opté por dejarlo correr.

Por lo general cenaba en el Club de Yale —por alguna razón era el momento más triste del día— y luego subía a la biblioteca y dedicaba al menos una hora al estudio concienzudo de inversiones y valores. Casi siempre había por allí algunos juerguistas, pero nunca iban a la biblioteca y era un buen sitio para trabajar. Después, si hacía buena noche, iba dando un paseo por la avenida Madison, pasaba el viejo hotel Murray Hill y seguía por la calle Treinta y tres hasta llegar a la estación de Pensilvania.

Empezaba a gustarme Nueva York, la sensación pecaminosa y aventurera que transmitía de noche y el deleite que proporciona al ojo inquieto el constante ir y venir de hombres, mujeres y máquinas. Me gustaba pasear por la Quinta Avenida y escoger a mujeres de apariencia romántica entre la multitud e imaginar que al cabo de unos minutos entraría a formar parte de sus vidas, sin que nadie llegara a saberlo ni a desaprobarlo.

A veces las seguía en mi imaginación hasta sus apartamentos, en la esquina de algún callejón oscuro, y antes de desaparecer por una puerta en la cálida oscuridad se volvían y me devolvían la sonrisa. En ocasiones, el mágico crepúsculo de la ciudad me inspiraba una cautivadora soledad que percibía también en los demás, pobres oficinistas que esperaban junto a la ventana a que llegase la hora de cenar solos en algún restaurante..., jóvenes oficinistas en el crepúsculo que desperdiciaban los momentos más intensos de la noche y de sus vidas.

También a las ocho en punto, cuando las oscuras calzadas al norte de la calle Cuarenta estaban repletas de taxis abarrotados que se dirigían al barrio de los teatros, se me encogía el corazón. En los taxis veía siluetas que se fundían la una con la otra mientras esperaban, oía voces cantarinas y risas que respondían a bromas, y los cigarrillos encendidos trazaban gestos ininteligibles en su interior. Imaginaba que iba con ellos y que compartía su animación y les deseaba buena suerte.

Por un tiempo dejé de ver a Jordan Baker, y luego volví a encontrarme con ella el día de San Juan. Al principio me gustaba salir con ella porque era campeona de golf y todo el mundo la conocía. Luego hubo algo más. No es que estuviese enamorado, pero sentía una especie de tierna curiosidad. Aquel rostro altivo y aburrido con que contemplaba el mundo ocultaba algo —igual que ocurre con casi todas las poses, aunque al principio no sea así— y un día descubrí de qué se trataba. Una vez que fuimos juntos a una fiesta en Warwick dejó bajo la lluvia con la capota bajada un coche prestado y luego lo negó; de pronto acudió a mi memoria la historia que no había sido capaz de recordar aquella noche en casa de Daisy. En su primer campeonato se produjo un gran revuelo que estuvo a punto de llegar a oídos de los periódicos; corrió el rumor de que había cambiado de sitio la pelota en las semifinales. El rumor adquirió proporciones de escándalo y luego se desvaneció. Un caddy se retractó de sus afirmaciones y el otro testigo admitió que podía haberse equivocado. El incidente y el nombre habían quedado ligados en mi memoria.

Jordan Baker evitaba instintivamente a los hombres astutos e inteligentes, y entonces comprendí que lo hacía porque se sentía más segura moviéndose en un plano donde cualquier divergencia de un código se consideraría imposible. Era incorregiblemente deshonesta. Detestaba estar en desventaja y supongo que eso había hecho que desde muy pequeña tuviera que andarse con subterfugios para poder seguir contemplando el mundo con aquella sonrisa fría e insolente y aun así satisfacer las exigencias de su cuerpo fuerte y ágil.

No me importó. La falta de honradez en las mujeres es algo que se disculpa con facilidad. Lo sentí un poco, y luego lo olvidé. En esa misma fiesta sostuvimos una curiosa conversación sobre su forma de conducir. Empezó porque pasó tan cerca de unos operarios que le arrancó un botón del abrigo a uno de ellos con el guardabarros.

—Es usted muy mala conductora —me quejé—. Debería ir con más cuidado o dejar de conducir.

—Voy con mucho cuidado.

—No es cierto.

—Bueno, los demás sí lo hacen —dijo con frivolidad.

—¿Qué tiene eso que ver?

—Así se quitarán de mi camino —insistió—. Hacen falta dos para tener un accidente.

—¿Y si se encuentra con alguien que vaya con tan poco cuidado como usted?

—Espero que no —respondió—. Odio a la gente que no va con cuidado. Por eso me gustas tú.

Sus ojos grises y entornados por el sol siguieron mirando hacia adelante, pero había modificado deliberadamente nuestra relación y por un momento pensé que la quería. Pero soy muy lento pensando y estoy lleno de normas interiores que siempre ponen freno a mis deseos, y supe que antes debería librarme del compromiso que había adquirido en casa. Había seguido enviándole una carta por semana a aquella chica y firmaba «Con cariño, Nick», pero lo único que recordaba era que, cuando jugaba al tenis, aparecían en su labio superior unas leves gotitas de sudor. No obstante, debía aclarar aquel vago sobrentendido antes de ser libre.

Todo el mundo se cree en posesión de al menos una de las virtudes cardinales, he aquí la mía: me tengo por una de las pocas personas honradas que conozco.

Capítulo 4

Los domingos por la mañana, mientras las campanas de las iglesias repicaban en los pueblos a lo largo de la costa, el gran mundo y sus amantes regresaban a la mansión de Gatsby y centelleaban jocosamente en sus jardines.

—Es un contrabandista de licores —decían las jóvenes, que pululaban entre sus cócteles y sus flores—. Una vez mató a un hombre que había descubierto que era sobrino de Von Hindenburg y primo segundo del demonio. Alcánzame una rosa, cariño, y sírveme una gotita más en esa copa de ahí.

Una vez escribí en los huecos en blanco de un horario de trenes los nombres de quienes pasaron por casa de Gatsby ese verano. Hoy es un horario viejo, que se deshace al desplegarlo y cuyo encabezamiento dice: «Este horario entrará en vigor a partir del 5 de julio de 1922». Pero aún se pueden leer los nombres grises y servirán mejor que mis vaguedades para formarse una idea sobre quiénes aceptaban la hospitalidad de Gatsby y le pagaban el sutil tributo de ignorarlo todo de él.

De East Egg iban los Chester Becker y los Leech, y un hombre llamado Bunsen a quien conocí en Yale, y el doctor Webster Civet, que se ahogó el verano pasado en Maine. Y los Hornbeam y los Willie Voltaire, y el clan al completo de los Blackbuck, que siempre se reunían en un rincón y daban la espalda a cualquiera que se les acercase. Y los Ismay y los Chrystie (o más bien Hubert Auerbach y la mujer del señor Chrystie) y Edgar Beaver, a quien, según dicen, se le volvió blanco el pelo una tarde de invierno sin motivo aparente.

Si no recuerdo mal, Clarence Endive también era de East Egg. Fue solo una vez, vestido con bombachos blancos, y se peleó en el jardín con un borracho llamado Etty. De fuera de la isla iban los Cheadle y los O. R. P. Schraeder y los Stonewall Jackson Abram, de Georgia, y los Fishguard y los Ripley Snell. Snell estuvo allí tres días antes de que lo encerraran en la penitenciaría, y acabó tan borracho en el camino de grava de la entrada que el automóvil de la señora de Ulysses Swett le atropelló la mano derecha. Los Dancie también iban y S. B. Whitebait, que tenía más de sesenta años, y Maurice A. Flink y los Hammerhead y Beluga, el importador de tabaco, y sus hijas.

De West Egg iban los Pole y los Mulready y Cecil Roebuck y Cecil Schoen y Gulick, el senador del estado, y Newton Orchid, que controlaba Films par Excellence y Eckhaust, y Clyde Cohen y Don S. Schwartze (hijo) y Arthur McCarty, todos relacionados de uno u otro modo con la industria del cine. Y los Catlip y los Bemberg y G. Earl Muldoon, hermano del Muldoon que acabó estrangulando a su mujer. Da Fontano, el promotor, también iba, y Ed Legros y James B. («Triparrota») Ferret y los de Jong y Ernest Tilly, todos ellos iban a jugar y cuando Ferret deambulaba por el jardín significaba que lo habían limpiado y que más valía que Associated Traction subiera en la Bolsa al día siguiente.

Un tal Klipspringer pasaba allí tanto tiempo que llegaron a conocerle como «el inquilino»; dudo que tuviese otra casa. Entre la gente del teatro estaban Gus Waize y Horace O'Donavan y Lester Myer y George Duckweed y Francis Bull. De Nueva York estaban también los Chrome y los Backhysson y los Dennicker y Russel Betty y los Corrigan y los Kelleher y los Dewar y los Scully y S. W. Belcher y los Smirk y los jóvenes Quinn, hoy divorciados, y Henry L. Palmetto, que se suicidó saltando al metro en Times Square.

Benny McClenahan iba con cuatro chicas. Nunca eran las mismas, pero se parecían tanto que siempre daba la impresión de que ya habían estado allí. He olvidado cómo se llamaban, Jaqueline, creo, o Consuelo, o Gloria, o Judy, o June, y sus apellidos eran melodiosos nombres de flores y meses del año, u otros más severos de los grandes capitalistas norteamericanos con quienes, si se las presionaba, admitían estar emparentadas.

Además de todos esos recuerdo que Faustina O'Brien fue al menos en una ocasión, igual que las Baedeker y el joven Brewer, a quien le habían volado la nariz en la guerra, y el señor Albrucksburger y la señorita Haag, su prometida, y Ardita Fitz-Peters y el señor P. Jewett, que fue presidente de la Legión Americana, y la señorita Claudia Hip con un hombre de quien se decía que era su chófer, y un príncipe de no sé dónde a quien llamábamos el duque y cuyo nombre, si es que alguna vez lo supe, he olvidado.

Toda esa gente pasó aquel verano por la mansión de Gatsby.

A las nueve de una mañana de finales de julio el espléndido automóvil de Gatsby llegó dando tumbos por el pedregoso camino de entrada a mi casa y tocó su melodiosa bocina de tres notas. Era la primera vez que pasaba a verme, aunque yo había asistido a dos de sus fiestas, subido a su hidroavión y me había bañado a menudo en su playa en respuesta a sus frecuentes invitaciones.

—Buenos días, socio. Hoy comeremos juntos, así que he pensado pasar a recogerle. —Estaba apoyado en el salpicadero del coche con esa desenvoltura tan peculiarmente americana y que supongo que se debe a no tener que levantar pesos ni sentarse erguido en la juventud, y más todavía a la elegancia nada formal de nuestros juegos nerviosos y esporádicos. Dicha cualidad asomaba constantemente en forma de inquietud por detrás de sus modales puntillosos. No sabía estarse quieto: siempre estaba dando golpecitos con el pie o abriendo y cerrando una mano. Reparó en que estaba contemplando su coche con admiración—. Bonito, ¿eh, socio? —Se apeó para que pudiera verlo mejor—. ¿No lo había visto antes?

Lo había visto. Igual que todo el mundo. Era de un suntuoso color crema, con adornos de níquel; aquí y allá a lo largo de su impresionante longitud asomaban sombrereras, cestas de comida y cajas de herramientas, y un escalonado laberinto de parabrisas reflejaba una docena de soles. Sentados detrás de varias capas de cristal en una especie de invernadero de cuero verde partimos en dirección a la ciudad.

El mes anterior había hablado con él tal vez media docena de veces y había descubierto con gran decepción que no tenía mucho que decir. Así que mi primera impresión de que era un hombre con cierta sustancia se había ido disipando y había llegado a convertirse solo en el propietario de un fastuoso bar de carretera que vivía en la casa de al lado.

Y entonces llegó ese desconcertante viaje en coche. No habíamos llegado al pueblo de West Egg cuando Gatsby empezó a dejar sin terminar sus elegantes frases y a darse indecisas palmadas en la rodilla del traje de color caramelo.

—Oiga, socio —me espetó cogiéndome por sorpresa—. ¿Qué opinión se ha formado de mí? —Un poco abrumado, recurrí a las tópicas generalizaciones que merecía aquella pregunta—. En fin, voy a contarle algunas cosas de mi vida —me interrumpió—. No quiero que se haga una idea equivocada por culpa de esas historias que circulan por ahí. —Así que era consciente de las extravagantes acusaciones que sazonaban las conversaciones en sus salones—. Dios es testigo de que lo que voy a contarle es cierto. —Su mano derecha ordenó de pronto a la justicia divina que estuviese atenta—. Desciendo de una familia acaudalada del Medio Oeste..., todos fallecidos ya. Me crie en Norteamérica pero me eduqué en Oxford porque mis antepasados se han educado allí desde hace generaciones. Es una tradición familiar.

Me miró de reojo y comprendí por qué Jordan Baker había pensado que mentía. Pronunció atropelladamente la frase «me eduqué en Oxford», o se la tragó, o se atragantó con ella, como si ya le hubiese incomodado otras veces. Y aquella vacilación hizo que se desplomaran todas sus demás afirmaciones y que me preguntara si no habría en él algo siniestro, después de todo.

—¿Qué parte del Medio Oeste? —quise saber.

—San Francisco.

—Ajá.

—Cuando mi familia murió yo heredé mucho dinero. —Su voz sonaba solemne como si todavía le obsesionara el recuerdo de la súbita extinción del clan. Por un momento pensé que me estaba tomando el pelo, pero me bastó una mirada para convencerme de lo contrario—. Después estuve viviendo como un rajá en todas las capitales europeas, París, Venecia, Roma..., coleccioné joyas, sobre todo rubíes, me dediqué a la caza mayor, a pintar un poco y a otras aficiones privadas para tratar de olvidar algo muy triste que me ocurrió hace mucho tiempo. —Con un esfuerzo me las arreglé para contener una carcajada de incredulidad. Esas frases tan manidas me hacían evocar un personaje con turbante perdiendo serrín por todos los poros mientras perseguía a un tigre por el Bois de Boulogne—. Luego llegó la guerra, socio. Fue un gran alivio e hice todo lo posible por que me mataran, pero fue como si tuviese siete vidas. Acepté el cargo de teniente cuando empezó. En el bosque de las Ardenas avancé tanto con dos destacamentos de ametralladoras que dejamos un hueco de más medio kilómetro en ambos flancos porque la Infantería no podía seguirnos. Estuvimos allí dos días y dos noches, ciento treinta hombres con dieciséis ametralladoras Lewis, y cuando por fin llegó la Infantería encontraron las insignias de tres divisiones alemanas entre las pilas de muertos. Me ascendieron a comandante y todos los gobiernos aliados me concedieron una medalla..., ¡incluso Montenegro, la diminuta Montenegro en el mar Adriático! —¡La diminuta Montenegro!, alzó la voz al pronunciar aquellas palabras y al mismo tiempo asintió y esbozó una sonrisa que incluyó toda la atribulada historia de Montenegro y simpatizó con las valientes luchas de los montenegrinos. Fue como si apreciara por completo la concatenación de circunstancias nacionales que habían producido aquel homenaje del corazón de Montenegro. Mi incredulidad se había transformado en fascinación; era como hojear a toda prisa una docena de revistas. Se echó mano al bolsillo y me puso en la palma de la mano un trozo de metal atado a una cinta—. Esa es la de Montenegro. —Para mi sorpresa, la medalla parecía auténtica. *Orderi di Danilo*, decía la leyenda, Montenegro, *Nicolas Rex*—. Dele la vuelta. —«Comandante Jay Gatsby», leí, «por su extraordinario valor»—. Aquí hay otra cosa que siempre llevo conmigo. Un recuerdo de mis días en Oxford. Se tomó en el patio del Trinity College..., el hombre que hay a mi izquierda es hoy el actual conde de Doncaster. —Era una fotografía de media docena de jóvenes con *blazers* posando debajo de un arco y con un sinfín de agujas góticas al fondo. Gatsby, con aspecto un poco más joven, aunque no mucho, sostenía un bate de críquet en la mano. Así que era cierto. Vi las pieles de los tigres llameando en su palacio del Gran Canal; le vi abrir un cofre lleno de rubíes para aliviar con sus profundidades carmesíes su corazón roto y reconcomido—. Hoy tengo que pedirle algo muy importante —dijo, guardándose complacido sus recuerdos—, así que pensé que debería saber algo sobre mí. No quería que pensara que soy un simple don Nadie. Verá, casi siempre estoy rodeado de desconocidos porque voy de aquí para allá tratando de olvidar eso tan triste que me ocurrió —dudó—. Ya se enterará usted esta tarde.

—¿En la comida?

—No, por la tarde. He sabido que va usted a tomar el té con la señorita Baker.

—¿Es que está enamorado de la señorita Baker?

—No, socio, no es eso. Lo que pasa es que la señorita Baker ha accedido amablemente a explicárselo todo.

No tenía ni la más remota idea de a qué se refería con «todo», pero me sentí más molesto que interesado. No había invitado a Jordan a tomar el té para hablar del señor Gatsby. Estaba convencido de que pensaba hacerme alguna petición descabellada y por un momento lamenté haber puesto el pie sobre sus concurridos jardines.

No quiso decir más. Su corrección fue en aumento a medida que nos acercábamos a la ciudad. Pasamos Port Roosevelt, donde vislumbramos la franja roja de los transatlánticos y recorrimos a toda prisa las calles adoquinadas de un barrio depauperado donde varias oscuras tabernas de los dorados principios de siglo subsistían gracias a algunos clientes. Luego el valle de las cenizas se abrió a ambos lados de la carretera y al cruzarlo entreví a la señora Wilson que se azacanaba con jadeante vitalidad junto al surtidor de gasolina.

Con los guardabarros desplegados como alas, inundamos de luz la mitad del barrio de Astoria, solo la mitad, pues mientras serpenteábamos entre los pilares del tren elevado oí el familiar «¡put-put-put!» de una motocicleta y un nervioso policía se puso a nuestro lado.

—Tranquilo, socio —dijo Gatsby. Redujo la velocidad. Sacó una tarjeta blanca de la cartera y la blandió ante los ojos del tipo.

—Todo en orden —afirmó el policía llevándose la mano a la gorra—. La próxima vez procuraré reconocerle, señor Gatsby. ¡Usted perdone!

—¿Qué era eso? —pregunté—. ¿La foto de Oxford?

—Una vez le hice un favor al jefe de policía, y todos los años me envía una tarjeta de Navidad.

Cruzamos el enorme puente, la luz del sol se colaba entre las vigas y parpadeaba sobre los coches en movimiento; al otro lado del río la ciudad se alzaba en blancas moles y terrones de azúcar construidos con el impulso del dinero impoluto. La ciudad vista desde el puente de Queensboro siempre se ve por primera vez, con su descabellada promesa de todo el misterio y la belleza del mundo aún intacta.

Un muerto nos adelantó en un coche fúnebre cubierto de flores, seguido de dos automóviles con las cortinillas echadas y de otros automóviles más alegres para los amigos, que nos miraron con los ojos trágicos y el fino labio inferior del sureste de Europa, y me alegré de que el espléndido coche de Gatsby participara en aquella lúgubre comitiva. Mientras atravesábamos Blackwells Island nos adelantó una limusina, conducida por un chófer blanco, en la que viajaban tres negros muy elegantes, dos hombres y una chica. Me reí en voz alta cuando volvieron hacia nosotros las órbitas de sus ojos saltones con altanera rivalidad.

Después de cruzar este puente puede ocurrir cualquier cosa, pensé, cualquier cosa...

Incluso —y sin que resultara particularmente sorprendente— Gatsby.

Bullicioso mediodía. Quedé con Gatsby para comer en un sótano bien ventilado de la calle Cuarenta y dos. Tras parpadear un poco para acostumbrarse a la pe-

numbra después de la deslumbrante luz de la calle, mis ojos lo encontraron en la entrada, hablando con otro hombre.

—Señor Carraway, este es mi amigo el señor Wolfshiem.

Un judío bajito de nariz chata levantó la cabezota y me miró con dos hirsutas matas de pelo asomando por sus fosas nasales. Hasta al cabo de un rato no localicé sus ojillos en la penumbra.

—... así que le miré —dijo el señor Wolfshiem estrechándome muy serio la mano— y ¿qué crees que hice?

—¿Qué? —pregunté con educación.

Pero evidentemente no me estaba hablando a mí, pues acto seguido me soltó la mano y apuntó a Gatsby con su expresiva nariz.

—Le di el dinero a Katspaugh y dije: «De acuerdo, Katspaugh, no le pagues ni un céntimo hasta que aprenda a tener la boca cerrada». Y aprendió allí mismo...

Gatsby nos cogió a ambos del brazo y avanzó hacia el interior del restaurante, en vista de lo cual el señor Wolfshiem optó por guardarse la frase que estaba a punto de decir y se sumió en una especie de abstracción adormilada.

—¿Whisky con soda? —preguntó el camarero.

—No está mal este restaurante —dijo el señor Wolfshiem contemplando las ninfas de aspecto presbiteriano del techo—. ¡Aunque prefiero el de enfrente!

—Sí, whisky con soda —respondió Gatsby, y luego añadió dirigiéndose al señor Wolfshiem—: Allí hace demasiado calor.

—Es cierto que hace demasiado calor y que el local es pequeño —admitió el señor Wolfshiem—, pero está lleno de recuerdos.

—¿Adónde se refiere? —pregunté.

—Al antiguo Metropole.

—El antiguo Metropole —recordó lúgubremente el señor Wolfshiem—. Lleno de rostros muertos y desaparecidos. De amigos que se han ido para siempre. No olvidaré mientras viva la noche en que mataron allí a Rosy Rosenthal. Éramos seis a la mesa y Rosy había comido y bebido mucho. Ya casi de madrugada el camarero se le acercó con un gesto extraño y le dijo que fuera había alguien que quería hablar con él. «De acuerdo», dijo Rosy e hizo ademán de levantarse, yo le obligué a volver a sentarse. «Que vengan aquí esos cabrones, Rosy, pero tú no te muevas de este salón.» Eran las cuatro de la mañana y si hubiésemos subido las persianas habríamos visto la luz del día.

—¿Y salió? —pregunté ingenuamente.

—Pues claro que salió —La nariz del señor Wolfshiem apuntó indignada a donde yo estaba—. Al llegar a la puerta, se volvió y dijo: «¡No dejéis que el camarero se lleve mi café!». Nada más poner el pie en la acera le descerrajaron cuatro tiros en la barriga y huyeron en coche a toda velocidad.

—Cuatro acabaron en la silla eléctrica —recordé.

—Cinco, si contamos a Becker. —Sus fosas nasales se volvieron hacia mí con interés—. Tengo entendido que necesita usted contactos para un negocio.

La proximidad de aquellas dos observaciones resultaba sorprendente. Gatsby respondió por mí.

—¡No! —exclamó—, ¡no es él!

—¿Ah, no? —el señor Wolfshiem pareció decepcionado.

—Este es solo un amigo. Te dije que hablaríamos de eso en otra ocasión.

—Le ruego que me disculpe —dijo el señor Wolfshiem—. Me he confundido de persona.

En ese momento nos sirvieron un suculento estofado y el señor Wolfshiem, olvidando el ambiente más sentimental del antiguo Metropole, empezó a comer con ávida delicadeza. Sus ojos, entre tanto, recorrieron muy despacio el salón. Completó el círculo volviéndose para observar a los comensales que tenía justo detrás. Estoy convencido de que, de no haber estado yo presente, habría echado un rápido vistazo debajo de la mesa.

—Oiga, socio —dijo Gatsby acercándose a mí—. Me temo que esta mañana en el coche le he hecho enfadar.

Volvió a esbozar aquella sonrisa, pero esta vez me protegí contra ella.

—No me gustan los misterios —respondí—. Y no entiendo por qué no me dice con franqueza qué es lo que quiere de mí. ¿Por qué tiene que pasar por la señorita Baker?

—¡Oh! No es nada deshonroso —me aseguró—. Ya sabe que la señorita Baker es una gran deportista y no haría nada que no estuviera bien.

De pronto miró el reloj, se levantó dando un respingo y salió a toda prisa del salón dejándome en la mesa con el señor Wolfshiem.

—Tiene que telefonear —explicó el señor Wolfshiem siguiéndole con la mirada—. Un gran tipo, ¿verdad? Muy apuesto y un auténtico caballero.

—Sí.

—Estudió en Oxford.

—¡Ah!

—Estudió en Oxford College, en Inglaterra. ¿Conoce Oxford College?

—Algo he oído.

—Es una de las facultades más famosas del mundo.

—¿Hace mucho que conoce a Gatsby? —pregunté.

—Varios años —respondió complacido—. Tuve el placer de conocerle justo después de la guerra. Me bastó charlar con él una hora para darme cuenta de que era un hombre muy bien educado. Me dije: «He aquí la clase de hombre a quien te gustaría llevar a casa para presentárselo a tu madre y a tu hermana». —Hizo una pausa—. Veo que se ha fijado usted en mis gemelos. —No era verdad, pero lo hice entonces. Estaban hechos con dos trozos de marfil extrañamente familiares—. Dos excelentes ejemplares de molares humanos —me informó.

—¡Vaya! —Los observé—. Una idea muy interesante.

—Sí. —Ocultó bruscamente los puños en las mangas de la chaqueta—. Sí, Gatsby siempre va con pies de plomo con las mujeres. Jamás se le ocurriría propasarse con la mujer de un amigo. —Cuando el objeto de aquella instintiva confianza regresó a la mesa y se sentó, el señor Wolfshiem apuró su café de un trago y se puso en pie—. Ha sido una comida muy agradable —dijo—, pero no quiero ser pesado, así que me voy, jóvenes.

—No tengas prisa, Meyer —dijo Gatsby sin demasiado entusiasmo. El señor Wolfshiem alzó la mano como si nos bendijera.

—Eres muy educado, pero soy de otra generación —anunció solemnemente—. Vosotros quedaos aquí hablando de chicas, deportes y... —añadió un sustantivo imaginario con otro ademán—. Yo he cumplido ya los cincuenta y no quiero imponeros mi presencia ni un minuto más.

Cuando nos estrechó la mano y se marchó, noté que su trágica nariz estaba temblando. Me pregunté si no habría dicho algo que hubiera podido ofenderle.

—A veces se pone muy sentimental —explicó Gatsby—. Hoy lo está. Es todo un personaje neoyorquino..., un habitante de Broadway.

—¿Qué es? ¿Actor?

—No.

—¿Dentista?

—¿Meyer Wolfshiem? No, es jugador. —Gatsby dudó y luego añadió con frialdad—: Es quien amañó la serie mundial de béisbol en 1919.

—¿La serie mundial? —repetí. Aquello me dejó pasmado. Por supuesto recordaba que alguien había amañado la serie mundial de béisbol en 1919, pero si me hubiera parado a pensarlo me habría parecido un simple suceso, el final de alguna cadena inevitable de acontecimientos. No se me habría ocurrido que aquel hombre pudiera jugar con la ilusión de cincuenta millones de personas con la misma premeditación que un ladrón al reventar una caja fuerte—. ¿Cómo se las arregló para hacer una cosa así? —pregunté al cabo de un minuto.

—Sencillamente aprovechó la oportunidad.

—¿Y por qué no está en la cárcel?

—No pueden atraparle, socio. Es un tipo listo.

Insistí en pagar la cuenta. Cuando el camarero me trajo el cambio, vi a Tom Buchanan al otro lado del comedor abarrotado.

—Acompáñeme un momento —dije—. Tengo que saludar a una persona.

Al vernos, Tom se puso en pie de un salto y avanzó media docena de pasos hacia donde estábamos.

—¿Dónde te has metido? —preguntó con impaciencia—. Daisy está furiosa porque no has vuelto a ir a vernos.

—Señor Gatsby, permita que le presente al señor Buchanan.

Se dieron brevemente la mano y el rostro de Gatsby adoptó un tenso y desacostumbrado gesto cohibido.

—Bueno, ¿qué tal te van las cosas? —preguntó Tom—. ¿Qué te trae por aquí?

—He venido a comer con el señor Gatsby...

Me volví hacia el señor Gatsby, pero ya no estaba allí.

—Un día de octubre de 1917... —dijo esa tarde Jordan Baker sentada muy erguida en una silla de respaldo muy recto en el jardín del hotel Plaza—, yo estaba paseando de aquí para allá, a ratos por la acera y a ratos por los céspedes de los jardines. Iba más cómoda por el césped porque llevaba unos zapatos ingleses con tacos de goma en la suela que se clavaban en el terreno blando. Llevaba también una falda nueva de cuadros escoceses que se me levantaba un poco con el viento y, cada vez que ocurría, las banderas rojas, blancas y azules que había delante de las casas se ponían muy tiesas y siseaban con desaprobación.

»La bandera y el césped de mayor tamaño eran los de la casa de Daisy Fay. Solo tenía dieciocho años, dos más que yo, y era con mucho la chica más solicitada de Louisville. Siempre vestía de blanco, tenía un deportivo blanco no muy grande y en su casa el teléfono no dejaba de sonar con las llamadas de anhelantes oficiales del campamento Taylor que imploraban el privilegio de monopolizarla esa noche ¡aunque solo fuese una hora!

»Cuando llegué enfrente de la casa esa mañana, el automóvil blanco se hallaba aparcado junto al bordillo y dentro estaba ella con un teniente a quien yo no había visto antes. Estaban tan acaramelados que no me vieron hasta que estuve a dos metros de ellos.

»—Hola, Jordan —me llamó cuando menos me lo esperaba—. Acércate un momento, por favor.

»Me halagó que quisiera hablarme porque de todas las chicas mayores era a quien yo más admiraba. Me preguntó si pensaba pasarme por la Cruz Roja a preparar vendas. Y en efecto así era. Bueno, en ese caso, ¿podría avisarles de que ese día ella no podía ir? El oficial miró a Daisy como cualquier chica joven quiere que la miren, y me pareció tan romántico que hasta hoy no he olvidado el incidente. Se llamaba Jay Gatsby y no volví a verlo hasta al cabo de cuatro años; cuando me lo presentaron en Long Island no caí en que se trataba de la misma persona.

»Eso fue en 1917. Al año siguiente yo también tuve varios pretendientes y empecé a jugar en campeonatos, así que no vi mucho a Daisy. Cuando salía, iba con gente un poco mayor. Circulaban rumores descabellados sobre ella que aseguraban que su madre la había sorprendido haciendo la maleta una noche de invierno para ir a Nueva York a despedirse de un soldado que partía hacia Europa. Por lo visto se lo impidieron, pero estuvo varias semanas sin hablarse con su familia. Después dejó de tontear con soldados y solo salió con varios jóvenes cortos de vista y con los pies planos que no habían podido alistarse en el ejército.

»Al otoño siguiente volvía a estar tan alegre como siempre. Su puesta de largo fue después del armisticio, y en febrero todos creían que se había prometido con un hombre de Nueva Orleans. En junio se casó con Tom Buchanan, de Chicago, con más pompa y circunstancia de la que jamás había presenciado Louisville. Tom se presentó con cien personas en cuatro vagones reservados, alquiló un piso entero del hotel Seelbach, y el día antes de la boda le regaló un collar de perlas valorado en trescientos cincuenta mil dólares.

»Fui una de las damas de honor. Media hora antes de la cena de esponsales, entré en su cuarto y la encontré tumbada en la cama, tan encantadora como una noche de junio con su vestido estampado de flores y más borracha que una cuba. Tenía una botella de Sauternes en una mano y una carta en la otra.

»—Puedes darme la enhorabuena —musitó—. No había bebido nunca, pero hay que ver cuánto me gusta.

»—¿Qué ocurre, Daisy?

»No sabes lo mucho que me asusté; jamás había visto a una chica en ese estado.

»—Toma, querida. —Buscó a tientas en la papelera que tenía encima de la cama y sacó el collar de perlas—. Llévalo abajo y devuélveselo a quienquiera que sea su propietario. Dile a todo el mundo que Daisy ha cambiado de opinión. Diles: "Daisy ha cambiado de opinión".

»Se echó a llorar y no había forma de consolarla. Salí corriendo y encontré a la doncella de su madre, cerramos la puerta con llave y la metimos en una bañera llena de agua fría. No quiso soltar la carta. La metió en la bañera, la convirtió en una bola de papel mojado y solo permitió que la pusiera en la jabonera cuando vio que se estaba haciendo pedazos como copos de nieve.

»Pero no dijo ni una palabra más. Le hicimos oler sales, le aplicamos hielo en la frente, volvimos a ponerle el vestido y media hora más tarde, cuando salimos de la habitación, llevaba puesto el collar y el incidente había concluido. Al día siguiente, a las cinco en punto, se casó sin pestañear con Tom Buchanan y se fue tres meses de viaje de novios a los Mares del Sur.

»Los vi en Santa Bárbara cuando regresaron y pensé que nunca había visto a una chica tan colada por su marido. Cada vez que él salía un minuto de la habitación, Daisy miraba inquieta a su alrededor y decía: "¿Adónde ha ido Tom?", y se quedaba como abstraída hasta que lo veía entrar por la puerta. Se pasaba horas sentada en la arena con su cabeza en el regazo, pasándole los dedos por las cejas y mirándolo con arrobo. Verlos era conmovedor..., me daban ganas de soltar una risita silenciosa y fascinada. Eso fue en agosto. Una semana después de marcharme de Santa Bárbara, Tom chocó con una furgoneta en la carretera de Ventura una noche y destrozó la rueda delantera de su automóvil. La chica que iba con él salió también en los periódicos porque se rompió un brazo: era una de las doncellas del hotel de Santa Bárbara.

»En el abril siguiente Daisy tuvo la niña y fueron a vivir un año a Francia. Los vi una primavera en Cannes y luego en Deauville, después volvieron decididos a establecerse en Chicago. Daisy fue muy popular allí, como sabes. Alternaban con gente joven, rica y muy alocada, pero ella siguió con su reputación intacta. Tal vez sea porque no bebe. No beber es una ventaja cuando estás rodeada de bebedores empedernidos. Así no hay peligro de irse de la lengua y una puede programar cualquier irregularidad aprovechando el momento en que todos estén tan borrachos que ni vean ni les importe nada. Puede que Daisy no tuviera amoríos, aunque hay algo en su voz que...

»En fin, hará unas seis semanas oyó hablar de Gatsby por primera vez en varios años. ¿No lo recuerdas?, fue cuando te pregunté si en West Egg conocías a Gatsby. Cuando te fuiste, entró en mi habitación, me despertó y dijo: "¿Qué Gatsby es ese?"; y cuando se lo describí, aunque estaba medio dormida, dijo con una voz muy rara que debía de ser el mismo a quien ella conocía. Hasta ese momento no relacioné a este Gatsby con el oficial del deportivo blanco.

Cuando Jordan Baker terminó de contarme aquello, hacía media hora que habíamos salido del Plaza y estábamos paseando en una calesa por Central Park. El sol se había puesto detrás de los altos apartamentos de las estrellas de cine de las calles Cincuenta Oeste y las voces cristalinas de las niñas reunidas como grillos en la hierba se alzaban en el caluroso crepúsculo:

Soy el jeque de Arabia,
tu amor me pertenece.
De noche cuando duermas,
me colaré en tu tienda...

—Qué coincidencia tan extraña —observé.

—Pero si no ha sido una coincidencia.

—¿Ah, no?

—Gatsby compró esa casa para tener a Daisy al otro lado de la bahía. —Así que lo que había anhelado aquella noche de junio no habían sido solo las estrellas. Fue como si lo estuviera viendo surgido de pronto del seno de aquel esplendor sin el menor sentido—. Quiere saber —prosiguió Jordan— si estarías dispuesto a invitar a tu casa a Daisy una de estas tardes y a permitir que él se deje caer por allí.

Me turbó la modestia de esa petición. Había esperado cinco años y comprado una mansión donde agasajaba a esas frívolas polillas a la luz de las estrellas solo para poder «dejarse caer» una tarde por el jardín de un desconocido.

—¿Y era necesario contarme todo esto antes de pedirme una cosa tan insignificante?

—Tiene miedo. Ha esperado mucho tiempo. Pensó que podías ofenderte. En el fondo no es tan duro como parece.

Algo me inquietaba.

—¿Por qué no te ha pedido a ti que organizaras un encuentro?

—Quiere que vea la casa —explicó—. Y la tuya está justo al lado.

—¡Ah!

—Creo que tenía la esperanza de que acabara acudiendo a alguna de sus fiestas —continuó Jordan—, pero no lo ha hecho. Luego empezó a preguntar a la gente si la conocían, y yo fui la primera que respondió que sí. Fue la noche que envió a buscarme en el baile, deberías haber oído los rodeos que dio antes de abordar la cuestión. Por supuesto, le sugerí que quedaran para comer en Nueva York y se puso fuera de sí. No hacía más que repetir: «¡No quiero hacer nada inapropiado! Quiero verla al lado de casa».

—Cuando le conté que eras amigo de Tom, estuvo a punto de descartar la idea. No sabe mucho de él, aunque dice que hace años que lee los periódicos de Chicago por si hablan de Daisy. —Para entonces había oscurecido y, al pasar por debajo de un puentecillo, puse el brazo sobre el hombro dorado de Jordan, la acerqué hacia mí y le propuse que cenáramos juntos. De pronto dejé de pensar en Daisy y en Gatsby y pensé solo en aquella persona limpia, endurecida y limitada que practicaba un escepticismo universal y que se acomodó con desenvoltura al círculo de mi brazo. Una frase empezó a sonar en mis oídos con una especie de excitación embriagadora: «Solo están los perseguidos, los perseguidores, los atareados y los cansados»—. Daisy debería tener algo más en su vida —murmuró Jordan.

—¿Sabes si quiere ver a Gatsby?

—No tiene por qué saberlo. Gatsby no quiere que lo sepa. Bastará con que la invites a tomar el té.

Pasamos una barrera de árboles oscuros y luego la fachada de la calle Cincuenta y nueve; un bloque de luz pálida y delicada caía sobre el parque. A diferencia de Gatsby y de Tom Buchanan, yo no tenía una chica cuyo rostro incorpóreo flotara a lo largo de las negras cornisas y los letreros cegadores, así que tensé los brazos para acercar más a Jordan. Su boca lánguida y desdeñosa sonrió y la acerqué más aún, esta vez a mi cara.

Capítulo 5

Esa noche, al volver a West Egg, temí por un momento que la casa se hubiese incendiado. Eran las dos de la madrugada y aquel rincón de la península resplandecía con una luz que se derramaba de forma irreal sobre los setos y producía finos y alargados destellos en los cables eléctricos de la carretera. Al doblar la curva vi que era la casa de Gatsby, que tenía encendidas todas las luces desde el sótano hasta la última torre.

Al principio pensé que era otra fiesta. Alguna juerga descabellada que había concluido con la casa abierta de par en par para jugar al escondite o al corre que te pillo. Pero no se oía ni un ruido. Solo el viento en los árboles que silbaba en los hilos de la electricidad y hacía que las luces se apagaran y encendieran una y otra vez como si la casa hiciese guiños en la oscuridad. Mientras el taxi se alejaba quejumbroso vi a Gatsby, que se acercaba por el césped.

—Su casa parece sacada de la Exposición Universal —dije.

—¿Ah, sí? —Volvió la vista hacia allí con aire ausente—. He estado echándoles un vistazo a algunas habitaciones. Vayamos a Coney Island, socio. En mi coche.

—Es tarde.

—Pues démonos un baño en la piscina. No la he utilizado en todo el verano.

—Tengo que irme a acostar.

—De acuerdo.

Esperó, observándome con ansiedad contenida.

—He hablado con la señorita Baker —dije al cabo de un momento—. Mañana telefonearé a Daisy y la invitaré a venir a tomar el té.

—¡Ah, muy bien! —dijo con despreocupación—. No quisiera causar molestias.

—¿Qué día le vendría a usted bien?

—Querrá decir qué día le viene bien a usted —se apresuró a corregirme—. Ya le he dicho que no quiero causar molestias.

—¿Qué tal pasado mañana?

Se quedó pensando un momento. Luego contestó reacio:

—Quisiera cortar el césped. —Los dos contemplamos la hierba: una línea muy marcada separaba mi césped desastrado de la extensión más oscura y bien cuidada de sus jardines. Sospeché que se refería al mío—. Una cosa más... —dijo con vacilación y luego pareció dudar.

—¿Preferiría posponerlo unos días? —pregunté.

—¡Oh!, no es eso. Al menos... —Titubeó sin saber muy bien cómo empezar—. El caso es que había pensado que..., oiga, socio, usted no gana mucho, ¿verdad?

—No mucho.

Eso pareció tranquilizarle y prosiguió con más confianza.

—Eso pensaba, espero que perdone mi..., verá, tengo en marcha un negocio, una especie de pasatiempo, no sé si me entiende. Y se me ha ocurrido que si no ganaba usted mucho... Se dedica a la venta de valores, ¿no, socio?

—Por lo menos lo intento.

—Bueno, puede que esto le interese. No le ocupará mucho tiempo y podría usted sacar una buena tajada. Se trata de un asunto más bien confidencial.

Ahora comprendo que, en otras circunstancias, esa conversación podía haber sido crucial en mi vida. Pero, en vista de que la oferta carecía totalmente de tacto y era un pago por un servicio que todavía no había prestado, no tuve más remedio que interrumpirle.

—Estoy de trabajo hasta el cuello —dije—. Se lo agradezco mucho, pero no puedo aceptar nada más.

—No tendría usted que tratar con Wolfshiem. —Evidentemente pensaba que sentía reparos por los «contactos» de los que había hablado durante la comida, pero le aclaré que se equivocaba. Aguardó un poco más con la esperanza de que yo empezase una conversación, pero me sentía demasiado ensimismado para responder, así que volvió a regañadientes a su casa.

Estaba feliz y un poco mareado después de aquella velada, y creo que me sumí en un sueño profundo nada más entrar en casa. Así que ignoro si Gatsby fue a Coney Island o cuántas horas pasó «echando un vistazo a las habitaciones» mientras su casa resplandecía de forma tan llamativa. A la mañana siguiente, telefoneé a Daisy desde el despacho y la invité a tomar el té.

—No traigas a Tom —le advertí.

—¿Qué?

—Que no traigas a Tom.

—¿Quién es Tom? —preguntó con aire inocente.

Cuando llegó el día convenido, diluviaba. A las once en punto un hombre con gabardina que arrastraba una segadora de césped llamó a mi puerta y dijo que el señor Gatsby lo había enviado a cortar el césped de mi jardín. Eso me recordó que había olvidado avisar a mi asistenta finlandesa de que volviera, así que fui en coche al pueblo a buscarla entre calles inundadas y pintadas de cal y a comprar unas tazas, limones y unas flores.

Las flores no habrían hecho falta, pues a las dos en punto llegó de casa de Gatsby un invernadero entero con innumerables receptáculos para colocarlo. Una hora después, la puerta se abrió de pronto y Gatsby entró con un traje de franela blanco y una corbata de tonos dorados. Estaba muy pálido y sus ojeras mostraban que no había dormido mucho.

—¿Todo en orden? —preguntó enseguida.

—El césped ha quedado muy bien, si se refiere a eso.

—¿Qué césped? —preguntó con gesto inexpresivo—. ¡Ah, el del jardín! —Lo miró por la ventana, pero a juzgar por su gesto no creo que llegara a verlo—. Está muy bien —observó vagamente—. He leído en no sé qué periódico que a eso de las cuatro dejaría de llover. Creo que era *The Journal*. ¿Tiene todo lo necesario para el... para el té?

Lo llevé a la despensa, donde miró con escepticismo a la finlandesa. Entre los dos examinamos los doce pastelillos de limón que había comprado en la confitería.

—¿Servirán? —pregunté.

—¡Por supuesto, por supuesto! ¡Están muy bien! —Y añadió en tono hueco: «... socio».

A las tres y media refrescó y la lluvia se convirtió en

una neblina húmeda en la que de vez en cuando flotaban finas gotas como de rocío. Gatsby hojeó con la mirada perdida un ejemplar de *Economía*, de Clay, sobresaltándose con los pasos de la finlandesa que retumbaban en la cocina y asomándose de vez en cuando por la ventana empañada como si en la calle estuviesen sucediendo preocupantes pero invisibles acontecimientos. Por fin se puso en pie y me informó con voz temblorosa de que se iba a casa.

—¿Y eso por qué?

—No va a venir nadie. ¡Se ha hecho muy tarde! —Miró su reloj como si tuviese algo muy importante que hacer en otro sitio—. No puedo estar todo el día esperando.

—No sea absurdo, aún faltan dos minutos para las cuatro.

Se sentó muy cariacontecido, como si le hubiese empujado, y en ese momento se oyó el ruido del motor de un coche en la calle. Los dos nos incorporamos y, un poco cohibido yo también, salí al jardín.

Debajo de los lilos pelados y goteantes llegó por el camino de entrada un enorme descapotable. Se detuvo. El rostro de Daisy, ladeado debajo de un sombrero de tres picos de color lavanda, me miró con una sonrisa luminosa y extasiada.

—¿De verdad vives aquí, querido?

El estimulante murmullo de su voz fue como un fuerte tónico bajo la lluvia. Tuve que seguir sus inflexiones solo con el oído un momento antes de entender lo que decía. Tenía un mechón de cabello mojado que parecía una pincelada de pintura azul en la mejilla y cuando la ayudé a apearse del coche vi que su mano estaba cubierta de gotitas relucientes.

—¿Te has enamorado de mí? —me preguntó al oído—. ¿O tienes otra razón para pedirme que viniera sola?

—Ese es el secreto del castillo de los Rackrent. Dile a tu chófer que se vaya a dar una vuelta y no regrese hasta pasada una hora.

—Vuelve dentro de una hora, Ferdie —luego añadió con un solemne susurro—: Se llama Ferdie.

—¿Y la gasolina no le afecta a la nariz?

—No creo —respondió con aire ingenuo—. ¿Por qué?

Entramos. Con abrumadora sorpresa descubrí que el salón estaba vacío.

—¡Vaya, qué raro! —exclamé.

—¿Qué es lo que es tan raro?

Ella volvió la cabeza cuando alguien llamó leve y educadamente a la puerta. Fui a abrir. Gatsby estaba plantado en mitad de un charco mirándome trágicamente a los ojos, con las manos hundidas en los bolsillos de la chaqueta y más pálido que un muerto.

Sin sacar las manos de los bolsillos pasó de largo hasta el vestíbulo, giró bruscamente como una marioneta y entró en el salón. No me hizo ni pizca de gracia. Consciente de que el corazón me latía con más fuerza, cerré la puerta mientras fuera arreciaba la lluvia.

Pasó medio minuto sin que se oyera ni un ruido. Luego llegó del salón una especie de murmullo ahogado y parte de una risa seguida de la voz de Daisy, que decía en tono claro y artificial:

—Pues claro que me alegra mucho volver a verle.

Una pausa que se alargó horriblemente. No se me había perdido nada en el vestíbulo, así que entré en el salón.

Gatsby, todavía con las manos en los bolsillos, estaba apoyado contra la repisa de la chimenea fingiendo una forzada desenvoltura e incluso aburrimiento. Tenía la cabeza tan echada hacia atrás que descansaba sobre la esfera de un difunto reloj de chimenea y sus ojos afligidos miraban muy fijos a Daisy, que se había sentado un poco asustada aunque con elegancia en el borde de una silla muy recta.

—Ya nos conocíamos —murmuró Gatsby. Sus ojos me miraron un momento y sus labios se separaron en un frustrado intento de soltar una carcajada. Por suerte el reloj aprovechó la ocasión para deslizarse peligrosamente bajo la presión de su cabeza y él se volvió, lo cogió con manos temblorosas y lo puso en su sitio. Luego se sentó muy envarado, con el codo en el brazo del sofá y la barbilla en la mano—. Lamento lo del reloj —dijo.

Mi propio rostro había adquirido un tono bermellón casi tropical. No se me ocurría ni un simple lugar común que decir entre los miles que me rondaban por la cabeza.

—No es más que un reloj viejo —dije como un idiota.

Creo que, por un momento, todos pensamos que se había hecho pedazos contra el suelo.

—Hacía años que no nos veíamos —dijo Daisy con la mayor naturalidad imaginable.

—El próximo noviembre hará cinco.

El carácter casi automático de la respuesta de Gatsby volvió a dejarnos sin saber qué decir al menos otro minuto. Cuando había logrado que ambos se pusieran en pie con la desesperada excusa de que me ayudasen a preparar el té en la cocina, la finlandesa del demonio entró con la bandeja.

Gracias a la oportuna confusión de tazas y pastelillos volvimos a recuperar la compostura. Gatsby se quedó en segundo plano mientras Daisy y yo conversábamos y nos observó fijamente con ojos tensos y tristes. No obstante, la calma no era un fin en sí mismo, así que aproveché la primera ocasión para disculparme y ponerme en pie.

—¿Adónde va? —preguntó Gatsby muy asustado.

—Vuelvo enseguida.

—Antes de que se vaya tengo que decirle una cosa. —Me siguió a la cocina a la desesperada, cerró la puerta y susurró «¡Ay, Dios!» en tono desventurado.

—¿Qué ocurre?

—Esto es un terrible error —dijo moviendo la cabeza a uno y otro lado—, un error terrible, terrible.

—Solo está un poco cohibido —por suerte añadí: «y Daisy también...».

—¿Ah, sí? —preguntó incrédulo.

—Tanto como pueda estarlo usted.

—No hable tan alto.

—Se está portando como un chiquillo —le interrumpí con impaciencia—. Y no solo eso, sino que está siendo un grosero. Daisy está esperando ahí sola.

Alzó la mano para hacerme callar, me miró con un gesto de reproche imposible de olvidar, abrió muy despacio la puerta y volvió al saloncito.

Salí por la puerta de atrás —exactamente igual que había hecho Gatsby cuando había dado con nerviosismo la vuelta a la casa media hora antes— y corrí a refugiarme debajo de un árbol sombrío, nudoso y gigantesco cuyas hojas formaban un entramado impermeable a la lluvia. Otra vez estaba diluviando y mi césped irregular, bien afeitado por el jardinero de Gatsby, estaba cubierto de pequeños pantanos fangosos y de marismas prehistóricas. Desde debajo de aquel árbol no había gran cosa que ver aparte de la casa de Gatsby, así que estuve contemplándola, igual que Kant el campanario de su iglesia, casi media hora. La había construido un cervecero un decenio antes, en plena moda de las casas de «época», y corría la especie de que se había ofrecido a pagar los impuestos de las casas de sus vecinos durante cinco años si aceptaban cubrir la techumbre de sus casas con paja. Puede que su negativa le quitara de la cabeza la idea de Fundar una Familia y su salud empezó a declinar. Sus hijos vendieron la casa todavía con la corona funeraria en la puerta. Los americanos, aunque a veces estén dispuestos a ser siervos, nunca han querido ser campesinos.

Al cabo de media hora volvió a brillar el sol y el automóvil del verdulero apareció en la entrada de la mansión de Gatsby con las materias primas para la cena de los criados, pues no me cupo ninguna duda de que él no podría probar bocado. Una doncella empezó a abrir las ventanas del piso de arriba, se asomó un instante a cada una de ellas e inclinándose sobre el saledizo del mirador escupió pensativa en el jardín. Era hora de volver. Mientras duró la lluvia me pareció oír el murmullo de sus voces elevándose de vez en cuando entre estallidos de emoción, pero cuando cesó tuve la sensación de que también reinaba el silencio en el interior de la casa.

Entré después de hacer mucho ruido en la cocina —solo me faltó cambiar de sitio el infiernillo— pero no creo que oyeran nada. Estaban sentados a ambos extremos del sofá mirándose como si alguien les hubiese hecho una pregunta o estuviese a punto de planteársela, y no quedaba ni rastro de azoramiento. Daisy tenía el rostro surcado de lágrimas y al verme entrar dio un respingo y empezó a retocarse con el pañuelo delante de un espejo. Por su parte, Gatsby había sufrido un cambio de lo más desconcertante. Estaba resplandeciente: irradiaba un bienestar desconocido que, sin necesidad de palabras ni gestos exultantes, colmaba el saloncito.

—¡Ah, hola, socio! —dijo como si llevara años sin verme. Por un momento pensé que iba a estrecharme la mano.

—Ha dejado de llover.

—¿Ah, sí? —Cuando comprendió de qué le hablaba y que la luz del sol cabrilleaba en la habitación, sonrió igual que uno de esos hombrecillos de los barómetros antiguos, como si fuese el extasiado mecenas de la luz recurrente y le comunicó la noticia a Daisy—: ¿Qué te parece? Ha dejado de llover.

—Me alegro mucho, Jay. —La belleza dolida y pesarosa de su voz expresaba mejor que ninguna otra cosa su inesperada alegría.

—Quiero que usted y Daisy vengan a mi casa —dijo—. Me gustaría enseñársela.

—¿Seguro que quiere que vaya yo también?

—Pues claro, socio. —Daisy fue arriba a lavarse la cara (cuando recordé, avergonzado, el estado en que se encontraban mis toallas era ya demasiado tarde) mientras Gatsby y yo esperábamos en el jardín—. Mi casa tiene muy buen aspecto, ¿verdad? —preguntó—. Fíjese en cómo reluce toda la fachada. —Coincidí con él en que era espléndida—. Sí. —Sus ojos recorrieron hasta el último torreón y arco de las puertas—. Y solo tardé tres años en ganar el dinero necesario para comprarla.

—Pensaba que había heredado su dinero.

—Y así fue, socio —respondió enseguida—, pero lo perdí casi todo en el gran pánico..., el pánico de la guerra. —Creo que apenas sabía lo que decía, porque cuando le pregunté a qué se dedicaba respondió: «Eso es asunto mío» sin caer en que no era una respuesta adecuada—. ¡Oh!, he estado metido en muchas cosas —se corrigió—. Estuve en la industria farmacéutica y luego en la del petróleo. Pero ahora no me dedico a ninguna de las dos cosas. —Me observó con más atención—. ¿Es que se ha pensado mejor mi propuesta de la otra noche?

Antes de que pudiera responder, Daisy salió de la casa y las dos hileras de botones de latón de su vestido brillaron al sol.

—¿Es esa casa tan enorme de ahí? —gritó señalándola.

—¿Te gusta?

—Me encanta, pero no entiendo cómo puedes vivir ahí solo.

—Siempre está abarrotada de gente interesante, tanto de noche como de día. Gente que hace cosas interesantes. Gente famosa.

En lugar de atajar por el sendero a lo largo del estrecho, bajamos a la carretera y entramos por la enorme puerta trasera. Daisy admiró con encantadores susurros uno u otro aspecto de la silueta feudal que se recortaba contra el cielo, admiró los jardines, el olor centelleante de los junquillos, el aroma espumoso del espino y de los ciruelos en flor y el perfume pálido y dorado de los pensamientos silvestres. Fue raro subir por los escalones de mármol sin toparnos con brillantes vestidos de noche entrando y saliendo por la puerta y no oír otro sonido que el canto de los pájaros en los árboles.

Una vez dentro, mientras deambulábamos por las salitas de música estilo María Antonieta y los salones estilo Restauración tuve la impresión de que detrás de los sofás y debajo de las mesas había invitados ocultos a quienes habían dado orden de guardar silencio hasta que hubiésemos pasado. Cuando Gatsby cerró la puerta de la biblioteca del Merton College, habría jurado oír al hombre de los ojos de búho soltar una fantasmal carcajada.

Subimos al primer piso y recorrimos alcobas de época tapizadas de seda rosa y lavanda y llenas de flores recién cortadas; atravesamos vestidores, salas de billar y cuartos de baño con bañeras a ras del suelo; pasamos por un cuarto donde un hombre desaliñado en pijama hacía ejercicios abdominales en el suelo. Se trataba del señor Klipspringer, el «inquilino». Esa mañana lo había visto pasear ansioso por la playa. Por fin llegamos a las habitaciones del propio Gatsby, un dormitorio, un baño y un despacho estilo Adam, donde nos sentamos a beber una copa de Chartreuse que sacó de un armarito en la pared.

No había dejado de mirar a Daisy ni un segundo y creo que revaluó todo lo que había en la casa según la respuesta que despertara cada objeto en aquellos amados ojos. A veces también él contemplaba sus posesiones con aire absorto, como si en presencia de la joven nada de aquello fuese real. En una ocasión incluso estuvo a punto de caerse por las escaleras.

Su dormitorio era la habitación más sobria de todas —excepto por el juego de tocador de oro mate que había en el vestidor—. Daisy cogió embelesada el cepillo y se peinó; al verla Gatsby se sentó, se tapó los ojos con las manos y se echó a reír.

—Es desternillante, socio —dijo divertido—. No puedo... cuando intento... —Había pasado visiblemente por dos estados de ánimo y estaba llegando a un tercero. Tras su apocamiento y su irracional alegría, le consumía la sorpresa de su presencia. Llevaba tanto tiempo pensando en ella y esperando, por así decirlo, con los dientes inconcebiblemente apretados que su sueño se hiciera realidad, que se estaba agotando como un reloj al que se ha dado demasiada cuerda. Al cabo de un minuto se recobró y abrió dos imponentes armarios roperos que contenían sus incontables trajes, batines y corbatas, y las camisas apiladas igual que ladrillos en montones de doce—. Tengo a un hombre en Inglaterra encargado de comprarme la ropa. Me envía una selección al principio de cada temporada, en primavera y en otoño.

Sacó una pila de camisas y fue tirándolas una a una delante de nosotros, camisas de lino puro, de seda gruesa y de fina franela que se iban arrugando al caer y cubrían la mesa con un desorden multicolor. Mientras las admirábamos sacó unas cuantas más y el suave y cálido montón fue creciendo en altura: camisas de rayas, de volutas, de cuadros, de color coral, verde manzana, lavanda y naranja pálido con monogramas azul turquesa. De pronto, con un tenso sonido, Daisy metió la cabeza entre las camisas y rompió a llorar.

—Son unas camisas tan bonitas —sollozó, con la voz ahogada entre los gruesos pliegues—. Me entristece porque nunca he visto... unas camisas tan bonitas.

Después de la casa, teníamos que ir a ver los terrenos de la finca, la piscina, el hidroavión y las flores de verano... pero fuera empezó a llover otra vez y nos quedamos contemplando la rugosa superficie del agua en el estrecho.

—Si no fuese por la niebla se vería tu casa al otro lado de la bahía —dijo Gatsby—. Tienes una luz verde encendida toda la noche al extremo del embarcadero.

Daisy pasó bruscamente el brazo por debajo del suyo, pero él parecía absorto en lo que acababa de decir. Probablemente hubiese reparado en que el colosal significado de aquella luz había desaparecido para siempre. En comparación con la enorme distancia que le había separado de Daisy, la luz le había parecido tan próxima a ella como si casi pudiera rozarla, tan cercana como parecen estar las estrellas de la luna. Ahora volvía a ser solo una luz verde en un embarcadero. Su colección de objetos encantados se había reducido.

Empecé a deambular por la habitación y me dediqué a observar varios objetos desdibujados en la penumbra. Me llamó la atención una fotografía bastante grande de un hombre de cierta edad con ropa náutica deportiva que había colgada en la pared, sobre su escritorio.

—¿Quién es?

—¿Ese? Es el señor Dan Cody, socio. —El nombre me resultó vagamente familiar—. Ya murió. Fue mi mejor amigo.

Sobre el buró había una pequeña fotografía de Gatsby, también con ropa marinera —Gatsby con la cabeza echada hacia atrás con aire desafiante—, tomada por lo visto cuando tenía dieciocho años.

—¡Me encanta! —exclamó Daisy—. ¡Y menudo tupé! No me habías contado que hubieses llevado tupé..., ni que tuvieses un yate.

—Mira —le dijo Gatsby atropelladamente—, tengo un montón de recortes de periódico sobre ti.

Los examinaron uno junto al otro. Iba a pedirle que nos enseñara los rubíes cuando sonó el teléfono y Gatsby cogió el auricular.

—Sí... Bien, ahora no puedo hablar... ahora no puedo, socio. Dije una ciudad pequeña... Tiene que saber lo que es eso... No nos sirve de nada si su idea de una ciudad pequeña es nada menos que Detroit...

Colgó el teléfono.

—¡Ven, date prisa! —gritó Daisy desde la ventana. Aún seguía lloviendo, pero la oscuridad había desaparecido por el oeste y una oleada de nubes espumosas, rosadas y doradas se había instalado sobre el mar—. Mira —susurró, y luego añadió—: Me gustaría subirte en una de esas nubes de color rosa y llevarte de un sitio a otro.

Quise marcharme, pero se negaron tajantemente; tal vez mi presencia les hiciera sentirse más solos.

—Ya sé lo que haremos —dijo Gatsby—. Le pediremos a Klipspringer que toque el piano.

Salió de la habitación gritando «¡Ewing!» y volvió a los pocos minutos acompañado de un joven pudoroso y un tanto envejecido, con gafas de concha y pelo rubio y ralo. Iba vestido con más corrección, con una camisa «deportiva» abierta por el cuello, zapatillas de lona y pantalones de dril de un color nebuloso.

—¿Hemos interrumpido sus ejercicios? —preguntó educadamente Daisy.

—Estaba dormido —chilló el señor Klipspringer con un espasmo de turbación—. Es decir, me había quedado dormido. Luego me levanté...

—Klipspringer sabe tocar el piano —le cortó Gatsby—. ¿Verdad que sí, socio?

—No toco demasiado bien. En realidad, apenas sé tocar. Llevo mucho tiempo sin estud...

—Iremos abajo —le interrumpió Gatsby. Accionó un interruptor y las ventanas grises desaparecieron al inundarse de luz toda la casa.

En la salita de música, Gatsby encendió una lámpara solitaria que había junto al piano. Le dio lumbre a Daisy con una cerilla temblorosa y se sentó con ella en un sofá al otro extremo de la habitación, donde no había más luz que la que el suelo reflejaba del vestíbulo.

Cuando Klipspringer terminó de tocar *Nido de amor*, se volvió en la banqueta y buscó a Gatsby en la penumbra con aire desdichado.

—Ya ve que me falta práctica. Le dije que no sabía tocar. Llevo demasiado tiempo sin estud...

—No hables tanto, socio —ordenó Gatsby—. ¡Toca!

Por la mañana,
por la tarde,
qué bien lo pasábamos...

Fuera sonaba el viento y se oía el vago rumor de los truenos en el Estrecho. Empezaban a encenderse las luces en West Egg; los trenes eléctricos, cargados de pasajeros, volvían de Nueva York zambulléndose en la lluvia. A esa hora se estaba produciendo un profundo cambio humano y el aire estaba cargado de emociones.

Una cosa está clara
los ricos tienen riquezas y los pobres tienen... hijos.
Entre tanto,
mientras tanto...

Cuando fui a despedirme reparé en que la expresión de perplejidad había vuelto al rostro de Gatsby, como si aquella felicidad hubiese despertado en él algunas dudas. ¡Casi cinco años! Debió de haber momentos, incluso aquella tarde, en que Daisy no pudo estar a la altura de sus sueños, y no por culpa de ella, sino por la colosal vitalidad de sus ilusiones, que la sobrepasaban igual que a cualquier otra cosa. Se había volcado en ellas con una pasión creativa, sin dejar de agrandarlas en ningún momento y adornándolas con cualquier pluma brillante que se encontrara por el camino. No hay fuego ni frescor comparables con lo que un hombre puede atesorar en su fantasmal corazón.

Mientras yo lo observaba logró dominarse un poco. Cogió su mano y, cuando la chica le murmuró algo al oído, se volvió emocionado hacia ella. Creo que lo que más le cautivaba era aquella voz con su calidez febril y fluctuante, porque era imposible soñarla..., era como una canción inmortal.

Se habían olvidado de mí, pero Daisy alzó la vista e hizo un gesto con la mano; Gatsby ni siquiera me reconoció. Los miré una vez más y ellos me devolvieron la mirada, distantes, dominados por una vida intensísima. Luego salí de la habitación y bajé por las escaleras de mármol hacia la lluvia y los dejé solos.

Capítulo 6

Más o menos por esa época, un joven y ambicioso periodista de Nueva York se presentó una mañana ante la puerta de Gatsby y le preguntó si tenía algo que decir.

—¿Algo que decir sobre qué? —preguntó educadamente Gatsby.

—Pues no sé..., que si quiere usted hacer alguna declaración.

Al cabo de cinco confusos minutos quedó claro que había oído mencionar el nombre de Gatsby en la redacción del periódico a un contacto cuya identidad no quería revelar o a quien no había entendido del todo. Aquel era su día libre y haciendo gala de una loable iniciativa se había apresurado a ir «a ver».

Lo hizo solo por probar suerte, pero su instinto de periodista no le engañaba. La notoriedad de Gatsby, difundida por los cientos de personas que habían aceptado su hospitalidad y se habían convertido al hacerlo en expertos en su pasado, había ido en aumento todo el verano y casi había llegado a convertirse en noticia. Se le relacionaba con leyendas contemporáneas, como la «tubería subterránea a Canadá» por la que llegaba el alcohol ilegal a Estados Unidos, y circulaba el rumor de que no vivía en una casa, sino en un barco que parecía una casa y se desplazaba secretamente a lo largo de la costa de Long Island. Resulta difícil saber por qué todas esas invenciones eran del agrado de James Gatz, de Dakota del Norte.

Su verdadero nombre, al menos legalmente, era James Gatz. Se lo había cambiado a los diecisiete años, en el preciso instante que supuso el inicio de su carrera: cuando vio que el yate de Dan Cody echaba el ancla en uno de los bajos más peligrosos del lago Superior. El que paseaba ocioso por la playa esa tarde con un deshilachado jersey de color verde y unos pantalones de loneta había sido James Gatz, pero quien pidió prestado un bote de remo, fue hasta el *Tuolomee* y advirtió a Cody de que si se levantaba un poco de viento podía echarlo a pique en menos de media hora, fue Jay Gatsby.

Imagino que ya entonces debía de hacer mucho tiempo que tenía preparado el nombre. Sus padres eran granjeros pobres y sin recursos y en su imaginación nunca había llegado a aceptarlos como padres. Lo cierto era que Jay Gatsby, de West Egg, en Long Island, descendía del concepto platónico que tenía de sí mismo. Era un hijo de Dios —una frase que, en caso de que signifique algo, significaba justo eso— y debía estar en la casa de su Padre, al servicio de una belleza vasta, vulgar y superficial. Así que inventó el Jay Gatsby que era más probable que inventara un muchacho de diecisiete años y se mantuvo fiel a esa idea hasta el final.

Llevaba más de un año dando tumbos por la orilla sur del lago Superior trabajando de recolector de almejas y pescador de salmones o aceptando cualquier otro empleo que le proporcionara comida y una cama. Su cuerpo moreno y cada vez más endurecido sobrevivió de forma natural a los esfuerzos entre apáticos y agotadores de aquellos días vigorizantes. Conoció pronto a las mujeres y tanto lo mimaron que acabó despreciándolas, a las jóvenes vírgenes por ignorantes y a las demás por ser tan histéricas respecto a cosas que en su abrumador ensimismamiento él daba por supuestas.

No obstante, una agitación constante y turbulenta dominaba su corazón. De noche lo embargaban ideas grotescas y descabelladas. Un universo inefable y chabacano se desplegaba ante él en su imaginación mientras oía el tictac del reloj sobre el fregadero y la luna bañaba de luz húmeda el enmarañado montón de ropa del suelo. Cada noche iba añadiendo alguna cosa al esquema de sus fantasías hasta que la modorra se abatía sobre alguna vívida escena con un abrazo de olvido. Por un tiempo esas ensoñaciones sirvieron de vía de escape a su imaginación y fueron un agradable indicio de la falta de realidad de la realidad y una promesa de que el mundo se asentaba sobre los sólidos cimientos del ala de un hada.

Meses antes, el instinto de su futura gloria lo había llevado hasta la pequeña universidad luterana de Saint Olaf, en el sur de Minnesota. Pasó allí dos semanas, desmoralizado por la atroz indiferencia de aquel lugar ante su destino, y ante el destino mismo, y despreciando el trabajo de conserje con que tenía pensado pagarse los estudios. Luego acabó volviendo al lago Superior y aún estaba buscando alguna ocupación cuando vio que el yate de Dan Cody echaba anclas en los bajos de delante de la orilla.

En esa época Cody tenía cincuenta años y era un

producto de los yacimientos de plata de Nevada, del Yukón, y de todas las fiebres por cualquier metal desde 1875. Las transacciones en cobre de Montana que lo hicieron multimillonario le sorprendieron cuando todavía era un hombre robusto pero empezaba ya a chochear, y muchas mujeres lo sospecharon y trataron de quedarse con su dinero. Las malas artes con que la periodista Ella Kaye ejerció de madame de Maintenon y aprovechó su debilidad para incitarle a hacerse a la mar en un yate fueron la comidilla del rimbombante periodismo de 1902. Llevaba cinco años fondeando en costas demasiado hospitalarias cuando apareció en Little Girl Bay y decidió el destino de James Gatz.

Para el joven Gatz, apoyado en sus remos mientras contemplaba la cubierta, aquel yate representaba toda la belleza y el glamur del mundo. Supongo que debió de sonreír, pues probablemente ya habría descubierto que así caía bien a la gente. En cualquier caso, Cody le hizo unas cuantas preguntas (una de las cuales obtuvo por respuesta su flamante nuevo nombre) y descubrió que era listo y extravagantemente ambicioso. Pocos días después lo llevó a Duluth y le compró un chaquetón azul, seis pares de pantalones de dril y una gorra de marino. Y, cuando el *Tuolomee* partió hacia las Antillas y la costa de San Francisco, Gatsby iba a bordo.

Nunca estuvo muy claro en función de qué lo había contratado: en el tiempo que trabajó para Cody, fue sucesivamente camarero, primer oficial, capitán, secretario e incluso carcelero, pues cuando estaba sobrio Dan Cody sabía los excesos en que podía incurrir cuando estaba bebido y se protegía contra tales eventualidades delegando cada vez más responsabilidades en Gatsby. Dicha situación se prolongó cinco años, durante los cuales el barco dio tres veces la vuelta al continente. Y podría haber durado indefinidamente si Ella Kaye no hubiera subido a bordo una noche en Boston y Dan Cody no hubiese muerto una semana después y faltado así a sus obligaciones de anfitrión.

Recuerdo su retrato en el dormitorio de Gatsby, un hombre canoso y rubicundo de rostro duro y vacío: el disipado pionero que durante una época de la vida americana había devuelto a la costa Este la salvaje violencia de los salones y burdeles de frontera. Que Gatsby apenas bebiera se debía en parte a Cody. A veces, en alguna fiesta, las mujeres le echaban champán por el pelo, pero él tenía por costumbre no probar el alcohol.

Cody también le dejó dinero en herencia: un legado de veinticinco mil dólares. No llegó a ver un céntimo. Nunca comprendió las triquiñuelas legales que emplearon contra él, pero lo que quedaba de sus millones fue a parar todo a Ella Kaye. Él se quedó con una educación singularmente apropiada; el vago contorno de Jay Gatsby se fue rellenando hasta tener la sustancia de un hombre.

Todo eso me lo contó mucho después, pero lo escribo aquí con la idea de dinamitar esos rumores descabellados sobre sus inicios que circulaban sobre él y que no eran ni remotamente ciertos. Además me lo contó en un momento de confusión, cuando yo había llegado al punto de creer cualquier cosa y ninguna sobre él. Así que aprovecho esa breve pausa, mientras Gatsby, por así decirlo, contenía la respiración, para aclarar de una vez todos esos malentendidos.

También fue una pausa en mi relación con sus asuntos. Durante varias semanas no lo vi ni oí su voz por teléfono —estuve casi todo ese tiempo en Nueva York yendo de aquí para allá con Jordan y tratando de congraciarme con su tía, que estaba senil—, pero por fin pasé por su casa un domingo por la tarde. Apenas llevaba allí dos minutos cuando alguien llegó en compañía de Tom Buchanan a tomar un trago. Como es natural me sobresalté, aunque lo verdaderamente sorprendente era que no hubiese sucedido antes.

Era un grupo de tres personas a caballo: Tom, un individuo llamado Sloane y una mujer muy guapa con un traje marrón de montar que ya había estado en la casa.

—Me alegro mucho de verlos —exclamó Gatsby de pie en el porche—. Me alegra que hayan venido. —¡Como si eso les importara lo más mínimo!—. Siéntense. Fúmense un cigarro o un cigarrillo. —Empezó a deambular por la habitación apretando botones—. Haré que les sirvan una copa en menos de un minuto. —Estaba muy afectado por el hecho de que Tom estuviese allí. Pero no estaría tranquilo hasta que no hubiesen tomado alguna cosa, pues intuía vagamente que a eso era a lo que habían ido. El señor Sloane no quería nada. ¿Una limonada? No, gracias. ¿Un poco de champán? No quiero nada, gracias... Lo siento. ¿Han disfrutado de la excursión?

—Por aquí hay muy buenas carreteras.

—Supongo que los automóviles...

—Sí.

Movido por un impulso irresistible Gatsby se volvió hacia Tom, que durante las presentaciones se había comportado como si no lo conociera.

—Creo que nos hemos visto antes en alguna parte, señor Buchanan.

—¡Ah, sí! —respondió Tom con hosca cortesía,

aunque era evidente que no lo recordaba—. Es cierto. Lo recuerdo muy bien.

—Hará unas dos semanas.

—Eso es. Estaba usted con Nick.

—Conozco a su mujer —prosiguió Gatsby en tono casi agresivo.

—¿Ah, sí? —Tom se volvió hacia mí—. ¿Vives cerca de aquí, Nick?

—En la casa de al lado.

—¿Ah, sí?

El señor Sloane no participó en la conversación y se limitó a arrellanarse con aire altivo en su asiento; la mujer tampoco dijo nada hasta que de pronto, después de dos whiskys con soda, se volvió de lo más cordial.

—Vendremos a su próxima fiesta, señor Gatsby —anunció—. ¿Qué le parece?

—Estupendo. Será un placer tenerlos de invitados.

—Lo pasaremos bien —dijo el señor Sloane sin demostrar ninguna gratitud—. En fin... ya va siendo hora de volver.

—Por favor, no tengan prisa —les animó Gatsby. Había logrado dominarse y quería conocer mejor a Tom—. ¿Por qué no... se quedan a cenar? No me extrañaría que viniese más gente de Nueva York.

—¿Y por qué no vienen ustedes a mi casa? —propuso la mujer entusiasmada—. Los dos.

La invitación me incluía también a mí. El señor Sloane se puso en pie.

—Vamos —dijo refiriéndose solo a ella.

—Hablo en serio —repitió—. Me encantaría. Tengo sitio de sobra.

Gatsby me miró con aire inquisitivo. Quería ir y no cayó en que el señor Sloane había decidido lo contrario.

—Me temo que no voy a poder —dije.

—Pues venga usted —exclamó ella dirigiéndose a Gatsby. El señor Sloane le murmuró algo al oído—. Si salimos ahora no se hará tarde —insistió la mujer en voz alta.

—No tengo caballo —dijo Gatsby—. En el ejército montaba con frecuencia, pero nunca he comprado ningún caballo. Tendré que seguirles en mi coche. Discúlpenme un minuto.

Los demás salimos al porche, donde Sloane y la mujer se enzarzaron en una apasionada discusión.

—Dios mío, parece que ese tipo está decidido a venir —dijo Tom—. ¿Es que no se ha dado cuenta de que ella no quiere?

—Pues lo ha invitado.

—Ofrece una cena para muchos comensales y él no conocerá a nadie —insistió frunciendo el ceño—. Vete a saber dónde demonios habrá conocido a Daisy. Dirás que soy anticuado pero creo que las mujeres salen demasiado en estos tiempos. Acaban conociendo a un montón de tipos raros.

De pronto el señor Sloane y la mujer bajaron las escaleras y montaron a caballo.

—Vamos —le dijo a Tom el señor Sloane—. Es tarde. Tenemos que irnos. —Y luego añadió dirigiéndose a mí—: Dígale que no hemos podido esperar, ¿quiere?

Tom y yo nos estrechamos la mano y los demás intercambiamos frías inclinaciones de cabeza; luego se alejaron los tres al trote por el camino de acceso a la casa y desaparecieron entre el follaje de agosto justo cuando Gatsby apareció en la puerta principal con un sombrero y un abrigo fino en la mano.

Evidentemente a Tom le inquietaba que Daisy saliera sola, pues el siguiente sábado por la noche la acompañó a la fiesta de Gatsby. Es posible que su presencia imprimiera cierto carácter opresivo a la velada, pues ha dejado en mi memoria un recuerdo distinto que las demás fiestas que Gatsby ofreció ese verano. Había la misma gente, o al menos el mismo tipo de gente, la misma abundancia de champán y la misma agitación variada y multicolor, pero en el ambiente flotaba algo desagradable, una especie de acritud que lo impregnaba todo y que no había notado antes. O puede que sencillamente me hubiese acostumbrado y hubiese llegado a aceptar West Egg como un mundo completo en sí mismo, con sus propios valores y sus grandes cifras, incomparable a ningún otro porque no tenía conciencia de ser tal cosa, y que aquella noche lo contemplara a través de los ojos de Daisy. Siempre es triste ver con nuevos ojos algo que ha agotado nuestra capacidad de adaptación.

Llegaron al ponerse el sol y, mientras paseábamos entre cientos de personas chispeantes, la voz de Daisy susurraba sus peculiares inflexiones.

—No sabes lo mucho que me emocionan estas cosas —murmuró—. Si en algún momento de la noche te apetece besarme, Nick, dímelo y estaré encantada de complacerte. Bastará con que pronuncies mi nombre. O con que me entregues una tarjeta verde. Voy a repartir tarjetas verdes...

—Mira a tu alrededor —sugirió Gatsby.

—Ya lo estoy haciendo. Lo estoy pasando de maravilla y...

—Tienes que haber visto a infinidad de personas de quienes habrás oído hablar.

Los arrogantes ojos de Tom recorrieron la multitud.

—Apenas hacemos vida social —dijo—. Lo cierto es que estaba pensando que no conozco a nadie.

—Quizá conozca a esa señora de ahí —Gatsby señaló a una mujer despampanante, una especie de orquídea humana que estaba majestuosamente sentada debajo de un ciruelo. Tom y Daisy la miraron con esa característica sensación de irrealidad que se produce cuando reconocemos a una estrella de cine que hasta entonces casi nos había parecido imaginaria.

—Es guapísima —dijo Daisy.

—El que está inclinado a su lado es su director.

Gatsby los fue llevando con mucha ceremonia de un grupo a otro:

—La señora Buchanan... y el señor Buchanan... —tras un instante de duda, añadió—: el jugador de polo.

—¡Oh, no! —objetó enseguida Tom—. Yo no...

Pero a Gatsby debió de gustarle cómo sonaban aquellas palabras pues Tom se convirtió en «el jugador de polo» durante el resto de la velada.

—¡Jamás había visto tanta gente famosa! —exclamó Daisy—. Me ha caído bien ese hombre..., ¿cómo se llamaba...?, el que tenía morada la nariz. —Gatsby le explicó quién era y añadió que era un productor de cine de tercera categoría—. Bueno, aun así me ha caído bien.

—Preferiría que no me presentase como «jugador de polo» —dijo Tom cortésmente— y conocer digamos..., de incógnito a toda esta gente.

Daisy y Gatsby bailaron. Recuerdo que me sorprendió el modo elegante y conservador en que él bailaba el foxtrot. Nunca lo había visto bailar. Luego se acercaron a mi casa y pasaron media hora sentados en los escalones de la entrada mientras, a petición de ella, yo montaba guardia en el jardín: «Por si se produce un incendio, una inundación —explicó—, o cualquier otro acto divino».

Tom reapareció de su incógnito justo cuando íbamos a cenar.

—¿Os importa si me siento con aquella gente de allí? —dijo—. Hay un tipo que está contando cosas muy divertidas.

—Ve —respondió Daisy de muy buen humor—. Aquí tienes un lápiz dorado por si quieres anotar las señas de alguien.

Al cabo de un instante se volvió y me dijo que la chica era «guapa, pero vulgar», entonces comprendí que, excepto por la media hora que había estado a solas con Gatsby, no lo estaba pasando bien.

Los comensales que había sentados a nuestra mesa estaban muy achispados. La culpa fue mía; habían llamado a Gatsby al teléfono y dos semanas antes yo lo había pasado bien con aquella misma gente. Pero lo que entonces me había parecido divertido ahora daba la impresión de emponzoñar el aire.

—¿Qué tal está, señorita Baedeker?

La chica en cuestión estaba tratando sin éxito de apoyarse sobre mi hombro. Al oír la pregunta se incorporó y abrió los ojos.

—¿Qué?

Una mujer gorda y soñolienta, que llevaba un rato insistiéndole a Daisy para que fuesen a jugar al golf en su club al día siguiente, habló en defensa de la señorita Baedeker:

—Ya se encuentra mejor. Siempre grita así después

de beber cinco o seis cócteles. No hago más que decirle que debería dejar de beber.

—Pero si ya no bebo —afirmó la acusada con voz pastosa.

—Te hemos oído gritar y le he dicho aquí al doctor Civet: «Ahí hay alguien que necesita su ayuda, doc».

—Seguro que le está muy agradecida —dijo otro amigo, sin la menor gratitud—. Pero le ha empapado el vestido al meterle la cabeza en la piscina.

—Si hay algo que odio es que me metan la cabeza en la piscina —musitó la señorita Baedeker—. Una vez casi me ahogan en Nueva Jersey.

—En ese caso debería dejar de beber —replicó el doctor Civet.

—¡Hable por usted! —gritó violentamente la señorita Baedeker—. Le tiembla la mano. ¡Por nada en el mundo dejaría que me operase!

Y así siguieron toda la noche. Casi lo último que recuerdo fue estar de pie con Daisy observando al director de cine y a su estrella. Seguían debajo del ciruelo y sus rostros casi se tocaban de no ser por un pálido y fino rayo de luz de luna que se interponía entre los dos. Pensé que debía de llevar toda la noche aproximándose muy lentamente a ella hasta conseguir esa cercanía y mientras los mirábamos vi cómo se inclinaba un poco más y la besaba en la mejilla.

—Me gusta —dijo Daisy—. Creo que es muy guapa.

Pero todo lo demás le desagradaba... y sin discusión posible, porque no era una pose sino una emoción. Le horrorizaba West Egg, aquel «lugar» inaudito que Broadway había engendrado en un pueblo de pescadores de Long Island; le horrorizaban el crudo vigor que hervía detrás de aquellos trillados eufemismos y el destino entrometido que había empujado a sus habitantes de la nada a la nada por un atajo. Percibía algo espantoso en aquella sencillez que no alcanzaba a comprender.

Me senté con ellos en la escalera de la entrada mientras esperaban a que les llevaran su coche. Estaba oscuro allí delante, solo la puerta principal lanzaba un metro cuadrado de luz contra la oscuridad matutina. A veces una sombra se recortaba contra la persiana de un tocador en el piso de arriba y luego daba paso a otra formando una interminable procesión de sombras que se daban colorete y se empolvaban la nariz ante un espejo invisible.

—Bueno, ¿y quién es este tal Gatsby? —preguntó de pronto Tom—. ¿Un contrabandista de licor?

—¿Quién te ha dicho eso? —pregunté.

—Nadie. Lo he supuesto. Muchos de estos nuevos ricos no son más que contrabandistas de licor.

—Gatsby, no —respondí secamente.

Guardó silencio un momento. La grava del camino crujía bajo sus pies.

—Pues tiene que haberse esforzado mucho para reunir a ese hatajo de bichos raros.

Una brisa erizó la estola de Daisy como si fuese una neblina gris.

—Al menos son más interesantes que la gente que conocemos nosotros —dijo haciendo un esfuerzo.

—No parecías muy interesada.

—Pues lo estaba.

Tom soltó una carcajada y me miró.

—¿Te has fijado en la cara de Daisy cuando esa chica le pidió que le diera una ducha fría?

Daisy empezó a canturrear la música que estaba interpretando la orquesta con un susurro ronco y rítmico, imprimiendo a cada palabra un significado que no había tenido ni volvería a tener jamás. Cada vez que subía la melodía, la voz se le quebraba y la seguía dulcemente con voz de contralto, y cada cambio vertía un poco más de magia en el ambiente.

—Mucha gente viene sin invitación —dijo de pronto—. Esa chica no estaba invitada. Es gente que se cuela en la fiesta sin más y él es demasiado educado para decir nada.

—Quisiera saber quién es y a qué se dedica —insistió Tom—. Y creo que voy a hacer lo posible por averiguarlo.

—Yo puedo decírtelo —respondió ella—. Era propietario de varias farmacias, muchas. Es un hombre hecho a sí mismo. —La lenta limusina llegó por el camino de entrada—. Buenas noches, Nick —dijo Daisy.

Dejó de mirarme y buscó con la mirada la parte alta de las escaleras, donde salía por la puerta la melodía de *Las tres de la mañana*, un vals correcto y melancólico que se había puesto de moda ese año. Al fin y al cabo, la propia informalidad de la fiesta de Gatsby entrañaba posibilidades amorosas que no existían en el mundo de Daisy. ¿Qué tenía aquella canción que parecía estar llamándola a volver? ¿Qué ocurriría ahora en aquellas horas borrosas e incalculables? Tal vez llegara alguna invitada increíble, una persona maravillosa e incomparable, una joven verdaderamente radiante que con una mirada, y tras un momento de mágico encuentro, borrara cinco años de inquebrantable devoción.

Esa noche me quedé hasta muy tarde. Gatsby me pidió que esperara hasta que estuviese libre y me dediqué a pasear por el jardín hasta que el inevitable grupo de bañistas volvió helado y emocionado de la playa oscura y se apagaron las luces en los cuartos de los invitados. Cuando bajó por las escaleras, la piel bronceada de su rostro parecía particularmente tensa, y sus ojos estaban brillantes y cansados.

—No le ha gustado —dijo enseguida.

—Pues claro que le ha gustado.

—No le ha gustado —insistió—. No lo ha pasado bien. —Guardó silencio y adiviné que se había sumido en una indescriptible melancolía—. Me siento muy lejos de ella —dijo—. Resulta muy difícil hacérselo entender.

—¿Se refiere a la fiesta?

—¿La fiesta? —Despreció con un chasquido de los dedos todas las fiestas que había ofrecido—. Socio, la fiesta carece de importancia. —Lo que anhelaba era nada menos que Daisy fuese a ver a Tom y le dijera: «Nunca te he querido». Una vez borrados con esa frase aquellos tres años, ya tendrían tiempo de decidir las medidas más apropiadas, aunque una de ellas era que, en cuanto Daisy volviese a ser libre, regresaran a Louisville y se casasen como si no hubieran transcurrido cinco años—. Y ella no lo entiende —dijo con desesperación—. Antes lo habría entendido. Pasábamos horas sentados...

Se interrumpió y empezó a ir y venir por un triste sendero cubierto de pieles de fruta, prendas de ropa abandonadas y flores aplastadas.

—Yo no le pediría demasiado —aventuré—. No se puede repetir el pasado.

—¿Cómo que no? —exclamó con incredulidad—. ¡Pues claro que se puede!

Miró espantado su alrededor, como si el pasado acechara fuera del alcance de su mano entre las sombras de la casa.

—Haré que todo vuelva a ser como antes —dijo asintiendo con mucho convencimiento—. Así ella lo entenderá.

Habló mucho del pasado y deduje que deseaba recobrar algo —tal vez alguna idea de sí mismo— que había perdido al amar a Daisy. Desde entonces, su vida había estado sumida en la confusión y el desorden, pero si pudiera volver al punto de partida y repetirlo todo más despacio, podría averiguar qué era aquello...

...Una noche de otoño, cinco años antes, habían estado paseando por la calle mientras caían las hojas, y llegaron a un sitio donde no había árboles y la acera estaba teñida de blanco por el claro de luna. Dejaron de andar y se miraron. Hacía bastante fresco y la noche estaba impregnada de esa misteriosa excitación que acompaña a los dos cambios del año. Las luces de las casas zumbaban en la oscuridad y las estrellas parecían agitadas y estremecidas. Gatsby vio con el rabillo del ojo que la acera formaba una especie de escalera y trepaba hasta un lugar oculto entre los árboles..., podía subir allí, siempre que fuese solo, y mamar del pezón de la vida y beber a grandes tragos la leche milagrosa e incomparable.

Su corazón latió más y más deprisa cuando el pálido rostro de Daisy se acercó al suyo. Sabía que a partir del momento en que besara a aquella chica y uniera para siempre sus inefables visiones al aliento mortal de la joven, su espíritu ya no volvería a retozar como el espíritu de Dios. Así que esperó y escuchó un último instante el diapasón golpeado contra una estrella. Luego la besó. Con el roce de sus labios, ella se abrió como una flor y se completó la encarnación.

Todo lo que decía, incluso su terrible sentimentalismo, me recordaba algo, un ritmo inaprensible, fragmentos de palabras olvidadas que había oído en alguna parte hacía mucho tiempo. Por un momento, una frase trató de formarse en mi boca y mis labios se separaron igual que los de un mudo, como si hubiese en ellos algo más que un poco de aire sorprendido. Pero no llegaron a pronunciar sonido alguno y lo que había estado a punto de recordar pasó a ser eternamente inexpresable.

Capítulo 7

Justo cuando la curiosidad que despertaba Gatsby se encontraba en su apogeo, las luces de su casa no se encendieron un sábado por la noche y su carrera de Trimalción concluyó de manera tan misteriosa como había empezado.

Hasta pasado un tiempo no reparé en que los automóviles que entraban expectantes por el camino de entrada a la casa se quedaban allí un minuto y luego se alejaban de mala gana. Pensé que tal vez hubiera caído enfermo y fui a visitarle..., un mayordomo malencarado a quien nunca había visto me miró de soslayo desde la puerta.

—¿Está enfermo el señor Gatsby?

—Nada de eso. —Tras una pausa, añadió a regañadientes la palabra *señor*.

—Hace días que no lo veo y me había preocupado. Dígale que el señor Carraway ha pasado a verle.

—¿Quién? —preguntó en tono grosero.

—Carraway.

—Carraway. Muy bien, se lo diré.

Cerró de un portazo.

La finlandesa me informó de que Gatsby había despedido a todos los criados de la casa hacía una semana y los había reemplazado por media docena de empleados que nunca iban al pueblo de West Egg a que les estafaran los comerciantes, sino que se limitaban a encargar modestos pedidos por teléfono. El muchacho de la verdulería afirmaba que la cocina parecía una pocilga y la opinión general en el pueblo era que el nuevo personal no eran auténticos criados.

Al día siguiente Gatsby me llamó por teléfono.

—¿Se marcha? —pregunté.

—No, socio.

—He oído decir que ha despedido a todos los criados.

—No quería cotilleos. Daisy viene a menudo..., por las tardes. —Así que había bastado una mirada de desaprobación de Daisy para que todo el caravasar se desplomara como un castillo de naipes—. Son gente a quien Wolfshiem quería hacer un favor. Están todos emparentados. Antes regentaban un pequeño hotel.

—Comprendo.

Llamaba de parte de Daisy, ¿no querría ir a comer a casa de los Buchanan al día siguiente?; la señorita Baker también estaba invitada. Media hora después telefoneó la propia Daisy y pareció muy aliviada al descubrir que había aceptado. Algo no iba bien. Y sin embargo me costaba mucho creer que hubiesen elegido aquel momento para organizar una escena: sobre todo si se trataba de la que Gatsby había planeado aquella noche en el jardín.

Al día siguiente hizo un calor abrasador, fue casi el último día caluroso y desde luego el más tórrido del verano. Cuando mi tren salió del túnel a la luz del sol, solo los cálidos silbidos de la National Biscuit Company interrumpían el hirviente silencio de mediodía. Los asientos de mimbre del vagón temblaban al borde de la combustión; la mujer que tenía al lado estuvo sudando delicadamente un rato con su blusa blanca y luego, mientras el periódico se humedecía entre sus dedos, desfalleció desesperada ante aquel calor y se le cayó el monedero al suelo.

—¡Oh, mi...! —dijo con voz entrecortada.

Me agaché para recogerlo con gesto fatigado y se lo devolví sujetándolo por una esquina para dejarle bien claro que no tenía intención de quitárselo..., aunque todos los que había cerca, incluida la mujer, sospecharon lo contrario.

—¡Qué calor! —decía el revisor a las caras que le resultaban conocidas—. ¡Menudo tiempecito...! ¡Qué calor..., qué calor..., qué calor...! ¿Qué tal soporta el calor? No irá a decirme que no hace calor, ¿eh?

Me devolvió el billete con una mancha de sudor. ¡Y que alguien pudiera preocuparse con aquel calor de qué labios enrojecidos besaba o de qué cabeza humedecía el bolsillo del pijama sobre su corazón...!

En el vestíbulo de la casa de los Buchanan soplaba una leve brisa que arrastró el sonido del timbre del teléfono hasta Gatsby y a mí mientras esperábamos en la puerta.

—¡El cadáver del señor! —rugió el mayordomo en el auricular—. Lo siento señora, pero no podemos proporcionárselo..., ¡a mediodía está demasiado caliente para tocarlo!

Lo que dijo en realidad fue: «Sí..., sí..., lo intentaré».

Colgó el auricular y vino hacia nosotros con el rostro ligeramente brillante por el sudor para coger nuestros rígidos sombreros de paja.

—¡La señora les espera en el salón! —exclamó indicándonos innecesariamente el camino. Con aquel calor cualquier gesto superfluo era una afrenta contra las reservas vitales generales.

La sala, convenientemente oscurecida con unos toldos de lona, estaba fresca y en penumbra. Daisy y Jordan yacían como ídolos de plata sobre un enorme sofá, sujetándose los vestidos blancos que agitaba la cantarina brisa de los ventiladores.

—No podemos ni movernos —dijeron al unísono.

Los bronceados dedos de Jordan, cubiertos de polvos de maquillaje, descansaron un momento sobre los míos.

—¿Y el señor Thomas Buchanan, el atleta? —pregunté.

En ese mismo instante oí su voz áspera, amortiguada y ronca en el vestíbulo donde estaba el teléfono.

Gatsby se plantó en el centro de la alfombra de color carmesí y miró a su alrededor con ojos fascinados. Daisy le observó y se rio con su risa dulce y emocionante; de su pecho se alzó una minúscula nube de polvos cosméticos.

—Se rumorea —susurró Jordan— que la que está al teléfono es la chica de Tom.

Guardamos silencio. La voz en el vestíbulo se alzó irritada.

—Muy bien, en ese caso no le venderé a usted el coche..., no tengo el menor compromiso... ¡Y le prohíbo que vuelva a molestarme a la hora de comer!

—Hace rato que ha colgado el teléfono —señaló con cinismo Daisy.

—No, no —le aseguré—. Es un asunto de negocios. Sé de qué se trata.

Tom abrió la puerta de pronto, tapó un momento el hueco con su corpachón y entró apresuradamente en la sala.

—¡Señor Gatsby! —Le tendió la manaza abierta disimulando bastante bien su desagrado—. Me alegro de verle, señor... Nick...

—Prepáranos una bebida fría —exclamó Daisy. En cuanto su marido salió de la habitación, ella se levantó, se acercó a donde estaba Gatsby, le hizo bajar la cabeza y le besó en la boca—. Sabes que te quiero —murmuró.

—Olvidas que hay una dama presente —dijo Jordan.

Daisy miró dubitativa a su alrededor.

—Pues besa tú a Nick.

—¡Qué chica tan vulgar y desvergonzada!

—¡Me da igual! —exclamó Daisy y empezó a hurgar en la chimenea de ladrillo. Luego recordó que hacía calor y se sentó con aire culpable en el sofá mientras una impecable niñera entraba con una niñita en la habitación.

—¡Mi niña preciosa! —canturreó tendiéndole los brazos—. Ven con tu madre, que es quien más te quiere.

La niña, liberada por la niñera, atravesó corriendo la habitación y se refugió tímidamente entre los pliegues del vestido de su madre.

—¡Mi niña preciosa! ¿Te ha llenado mamá de polvos tu pelito rubio? Ponte de pie y saluda.

Gatsby y yo nos volvimos, nos agachamos y cogimos su tímida manita. Después él se quedó mirando sorprendido a la niña. No creo que hubiese creído nunca en su existencia.

—Me he vestido antes de comer —dijo la niña mirando entusiasmada a su madre.

—Porque mamá quería que estuvieses muy guapa. —Su rostro se inclinó hacia la única arruga de su blanco cuello—. Eres un sueño, un sueño pequeñito.

—Sí —admitió con calma la niña—. La tía Jordan también lleva un vestido blanco.

—¿Qué te parecen los amigos de mamá? —Daisy hizo volverse a la niña para que mirase a Gatsby—. ¿A que son guapos?

—¿Dónde está papá?

—No se parece a su padre —explicó Daisy—. Ha salido a mí. Tiene mi pelo y la forma de mi cara.

Daisy volvió a sentarse en el sofá. La niñera se adelantó y la cogió de la mano.

—Vamos, Pammy.

—¡Adiós, cariño!

La niña miró reacia a su madre y con mucha educación le dio la mano a la niñera y salió de la sala justo cuando llegaba Tom seguido de un criado con cuatro gin tonics en los que se entrechocaban los cubitos de hielo.

Gatsby cogió su bebida.

—Desde luego tienen muy buena pinta —dijo visiblemente tenso.

Bebimos con tragos largos y ávidos.

—No sé dónde he leído que el Sol se vuelve más caliente cada año —dijo alegremente Tom—. Por lo visto la Tierra acabará estrellándose contra el Sol..., o no, era justo al revés..., el Sol se está enfriando. Salgamos —le propuso a Gatsby—, quiero enseñarle a usted todo esto.

Los acompañé a la veranda. En el verdoso Estrecho, estancado con el calor, una vela diminuta se arrastraba lentamente buscando el frescor del mar abierto.

Gatsby la siguió con la mirada; alzó la mano y señaló al otro lado de la bahía.

—Vivo justo enfrente.

—Cierto. —Nuestros ojos recorrieron los rosales y el césped ardiente y las algas que había dejado la canícula en la orilla. Lentamente, las blancas alas del barco se fueron recortando contra el frío azul del horizonte. Más allá se extendía el rizado océano con su abundancia de islas afortunadas—. Eso sí que es un deporte —dijo Tom moviendo la cabeza—. Quién pudiera pasar una hora en ese barco.

Almorzamos en el comedor, oscurecido también contra el calor, y ahogamos nuestra nerviosa alegría con cerveza fría.

—¿Qué será de nosotros esta tarde? —exclamó Daisy—. ¿Y mañana? ¿Y los próximos treinta años?

—No seas enfermiza —dijo Jordan—. La vida vuelve a empezar cuando refresca en otoño.

—Pero hace tanto calor —insistió Daisy al borde de las lágrimas—. Y todo es tan confuso. ¡Vayamos a la ciudad! Su voz se esforzaba por abrirse paso a través del calor golpeándolo y moldeando su falta de sentido para darle forma.

—He oído hablar de gente que ha convertido el establo en un garaje —le estaba diciendo Tom a Gatsby—, pero debo de ser el primero que ha convertido el garaje en establo.

—¿Quién quiere ir a la ciudad? —preguntó con insistencia Daisy. La mirada de Gatsby flotó hacia ella—. ¡Ah! —exclamó Daisy—, usted siempre tan imperturbable. —Sus ojos se encontraron y ambos se miraron fijamente, solos en el espacio. Haciendo un esfuerzo, ella bajó la vista y se quedó mirando la mesa—. Nunca pierde la compostura —repitió. Le había declarado su amor y Tom Buchanan lo había notado. Se quedó atónito. Abrió un poco la boca y miró a Gatsby y luego otra vez a Daisy como si la reconociera después de mucho tiempo—. Parece el hombre del anuncio —prosiguió ella inocentemente—. Ese anuncio que...

—De acuerdo —la interrumpió de pronto Tom—, estoy dispuesto a ir a la ciudad. Venga..., vayamos todos a la ciudad. —Se puso en pie sin dejar de mirar a su mujer y a Gatsby. Nadie se movió—. ¡Vamos! —Empezaba a perder los nervios—. ¿Qué os pasa? Si vamos a ir a la ciudad, más vale salir ya.

Su mano, temblando por el esfuerzo que estaba haciendo por dominarse, llevó hasta sus labios la cerveza que quedaba en el vaso. La voz de Daisy hizo que nos pusiéramos en pie y nos dirigiéramos al ardiente sendero de grava de la entrada.

—¿Nos vamos a ir así, sin más? —objetó—. ¿Sin tiempo ni de fumar un cigarrillo?

—Todos hemos fumado ya en la comida.

—¡Oh, hagamos algo divertido! —le rogó—. Hace demasiado calor para discutir. —Tom no respondió—. Como tú digas —exclamó Daisy—. Vamos, Jordan.

Fueron al piso de arriba a arreglarse mientras los tres hombres esperábamos arrastrando los pies entre los ardientes guijarros. La curva plateada de la luna se cernía ya sobre el cielo por el oeste. Gatsby fue a decir algo, pero cambió de opinión y Tom se volvió hacia él y lo miró con aire expectante.

—¿Sí?

—¿Tiene usted aquí los establos? —preguntó Gatsby haciendo un esfuerzo.

—A medio kilómetro siguiendo por la carretera.

—¡Ah!

Una pausa.

—No entiendo a qué viene eso de ir a la ciudad —soltó bruscamente Tom—. Cuando a las mujeres se les mete una idea en la cabeza...

—¿No convendría llevar algo de beber? —gritó Daisy desde una de las ventanas de arriba.

—Iré a por un poco de whisky —respondió Tom. Entró.

Gatsby se volvió hacia mí muy envarado.

—No puedo decir nada en esta casa, socio.

—Daisy es un poco indiscreta —observé—. Su voz está llena de...

Dudé.

—Está llena de dinero —dijo de pronto.

Eso era. No me había dado cuenta hasta entonces. Estaba llena de dinero..., ahí radicaba el encanto inagotable de aquellas inflexiones y de los címbalos que tintineaban en su voz... En lo alto del blanco palacio, la hija del rey, la muchacha dorada...

Tom regresó con una botella envuelta en una toalla, seguido de Daisy y de Jordan, que se habían puesto unos sombreritos de tela con reflejos metálicos y llevaban del brazo unas capas finas.

—¿Vamos en mi coche? —propuso Gatsby. Tocó el cuero verde y caliente del asiento—. Tendría que haberlo aparcado a la sombra.

—¿El cambio de marchas es normal? —preguntó Tom.

—Sí.

—Bueno, pues coja usted mi coupé y deje que conduzca yo su coche hasta la ciudad.

A Gatsby no pareció gustarle la idea.

—No sé si habrá suficiente gasolina —objetó.

—De sobra —dijo jactancioso Tom. Miró el indicador—. Y, si se agota, siempre puedo parar en una gasolinera. Hoy en día en las gasolineras venden de todo.

Se hizo una pausa después de aquella observación aparentemente absurda. Daisy miró a Tom con el ceño fruncido y en el rostro de Gatsby vislumbré una expresión desconocida y al mismo tiempo vagamente reconocible, como si acabaran de describírmela.

—Vamos, Daisy —dijo Tom, empujándola con la mano hacia el coche de Gatsby—. Te llevaré en este carromato de circo.

Abrió la puerta, pero ella se zafó de su abrazo.

—Lleva tú a Nick y a Jordan. Nosotros te seguiremos en el coupé.

Se acercó a Gatsby y le rozó la chaqueta con la mano. Jordan, Tom y yo subimos al asiento delantero del coche de Gatsby, Tom probó el cambio y salimos disparados en mitad de aquel calor asfixiante perdiéndolos de vista a nuestras espaldas.

—¿Habéis visto?

—¿Qué es lo que tenemos que haber visto?

Me miró fijamente y comprendió que hacía tiempo que Jordan y yo lo sabíamos.

—Debéis de pensar que soy idiota, ¿verdad? —preguntó—. Puede que no os falte razón, pero tengo..., una especie de sexto sentido que me dice lo que tengo que hacer. No lo creeréis, pero la ciencia... —Hizo una pausa. La apremiante realidad le apartó de aquellos abismos teóricos—. He investigado un poco a ese tipo —prosiguió—. De haberlo sabido, lo habría investigado un poco más...

—¿No irás a decirnos que has ido a ver a una médium? —preguntó divertida Jordan.

—¿Qué? —nos miró confundido mientras nos reíamos—. ¿Una médium?

—Para preguntarle por Gatsby.

—¡Por Gatsby! No. He investigado un poco su pasado.

—Y has descubierto que estudió en Oxford —apuntó solícita Jordan.

—¡En Oxford! —exclamó incrédulo—. ¡Y un cuerno! Pero si lleva un traje rosa.

—Pues aun así estudió en Oxford.

—Oxford, Nuevo México —gruñó con desprecio Tom—, o algún lugar parecido.

—Oye, Tom. Si eres tan esnob, ¿por qué lo has invitado a comer? —preguntó enfadada Jordan.

—Lo ha invitado Daisy; lo conoció antes de que nos casáramos... ¡Sabe Dios dónde!

Los efectos de la cerveza empezaban a disiparse y nos estábamos poniendo irritables; conscientes de ello, guardamos silencio un buen rato. Luego, cuando los ojos borrosos del doctor T. J. Eckleburg aparecieron en la carretera, recordé la advertencia de Gatsby sobre la gasolina.

—Tenemos suficiente para llegar a la ciudad —dijo Tom.

—Pero si hay un garaje ahí mismo —objetó Jordan—. No quiero quedarme tirada en la carretera con este calor tan agobiante.

Tom pisó el freno a fondo y paramos justo debajo del cartel de Wilson. Al cabo de un momento el propietario salió de su establecimiento y miró el coche con ojos ojerosos.

—¡Llene el depósito! —le espetó bruscamente

Tom—. ¿O es que cree que hemos parado aquí para admirar el paisaje?

—No me encuentro bien —dijo Wilson sin moverse—. He estado todo el día enfermo.

—¿Qué le ocurre?

—No me encuentro bien.

—Y qué quiere que haga, ¿me sirvo yo mismo? —preguntó Tom—. Por teléfono no parecía tan enfermo.

Haciendo un esfuerzo, Wilson salió de la sombra y la protección del umbral de su casa y, jadeando mucho, desenroscó el tapón del depósito. A la luz del sol, su rostro tenía un tono verdoso.

—No era mi intención importunarle a la hora de comer —dijo—. Pero necesito dinero con cierto apremio y quería saber qué iba a hacer usted con su otro coche.

—¿Qué le parece este? —preguntó Tom—. Lo compré la semana pasada.

—Es un coche amarillo muy bonito —dijo Wilson debatiéndose con la manguera.

—¿Quiere comprarlo?

—Es una buena ocasión —sonrió vagamente Wilson—. No, aunque al otro podría sacarle un buen dinero.

—¿Para qué quiere el dinero con tanta urgencia?

—Llevo aquí demasiado tiempo. Quiero marcharme. Mi mujer y yo queremos mudarnos al oeste.

—¡Su mujer! —exclamó perplejo Tom.

—Hace diez años que me da la lata con eso. —Se apoyó un momento en el surtidor haciéndose sombra con la mano—. Y ahora pienso llevármela, tanto si quiere como si no.

El coupé pasó centelleante entre una nube de polvo y entrevimos una mano que saludaba.

—¿Cuánto le debo? —preguntó bruscamente Tom.

—Me he enterado de algo muy raro hace un par de días —añadió Wilson—. Por eso quiero marcharme. Y por eso he estado incomodándole con lo del coche.

—¿Cuánto le debo?

—Un dólar veinte.

El implacable calor había empezado a aturdirme y por un instante no caí en que todavía no sospechaba de Tom. Había averiguado que Myrtle tenía una especie de doble vida fuera de allí y la impresión le había hecho caer enfermo. Lo miré fijamente y luego miré a Tom, que había descubierto algo parecido hacía menos de una hora, y se me ocurrió que no había diferencia, ni de inteligencia, ni de raza, tan profunda como la que hay entre los sanos y los enfermos. Wilson estaba tan enfermo que parecía culpable, imperdonablemente culpable, como si acabase de dejar embarazada a una pobre chica.

—Le venderé el coche —dijo Tom—. Se lo enviaré mañana por la tarde.

Aquel lugar siempre me resultaba vagamente inquietante, incluso a plena luz del día, y volví la cabeza como si notara alguna presencia a mis espaldas. Por encima de los montones de ceniza, los gigantescos ojos del doctor T. J. Eckleburg seguían vigilantes pero, al cabo de un momento, reparé en que otros ojos nos observaban con peculiar intensidad a menos de seis metros de allí.

En una de las ventanas del piso de arriba del garaje, las cortinas se habían desplazado un poco y Myrtle Wilson estaba mirando hacia el coche. Estaba tan absorta que no se dio cuenta de que había alguien observándola y vi desfilar por su rostro diversas emociones como objetos en una película a cámara lenta. Su expresión me resultó vagamente familiar: la había visto a menudo en el rostro de otras mujeres, pero en Myrtle Wilson parecía inexplicable y carente de sentido hasta que reparé en que sus ojos, muy abiertos por los celos y el temor, estaban fijos no en Tom sino en Jordan Baker, a quien había tomado por su mujer.

No hay confusión como la que embarga a los espíritus simples, y mientras nos alejábamos de allí Tom sentía los cálidos vergajazos del pánico. Su mujer y su amante, hasta hacía una hora seguras e intocables, estaban escapando precipitadamente a su control. El instinto le impulsaba a apretar el acelerador con la doble intención de alcanzar a Daisy y alejarse de Wilson, y cruzamos Astoria a setenta kilómetros por hora hasta que divisamos el coupé, que circulaba despacio entre las finas vigas de acero del tren elevado.

—En los cines de la calle Cincuenta se está muy fresco —propuso Jordan—. Me encanta Nueva York en las tardes de verano, cuando todo el mundo se ha ido. Resulta muy sensual..., maduro, como si fuesen a caer en tus manos un montón de frutas extrañas.

La palabra *sensual* solo sirvió para poner más nervioso a Tom, pero antes de que pudiera poner objeciones el coupé se detuvo y Daisy nos indicó con un gesto que nos detuviésemos a su lado.

—¿Adónde vamos? —gritó.

—¿Qué tal al cine?

—Hace mucho calor —objetó ella—. Id vosotros. Nosotros daremos una vuelta y luego iremos a buscaros. —Hizo un esfuerzo por parecer ingeniosa—. Podemos quedar en alguna esquina. Seré el tipo que estará fumando dos cigarrillos.

—Aquí no podemos hablar —dijo con impaciencia Tom cuando un camión soltó un quejoso bocinazo a nuestras espaldas—. Seguidme hasta el sur de Central Park, delante del Plaza.

Se volvió varias veces buscando su coche, y cuando el tráfico les retrasaba, aminoraba la marcha hasta que volvía a verlos. Creo que temía que se desviaran por una calle lateral y desaparecieran de su vida para siempre.

Pero no lo hicieron. Y dimos el paso mucho menos comprensible de reservar el salón de una suite en el hotel Plaza.

No recuerdo bien la larga y tumultuosa discusión que hizo que acabáramos metidos en aquella habitación, aunque tengo el vivísimo recuerdo de que, mientras duró, mi ropa interior se dedicó a trepar por mis piernas como una serpiente húmeda y que de vez en cuando me corrían gotas de sudor por la espalda. La idea surgió cuando Daisy propuso que reserváramos cinco cuartos de baño y nos diésemos baños fríos, y luego adoptó la forma más factible de buscar un «sitio donde tomar un julepe de menta». Todos repetimos una y otra vez que era una «idea absurda», hablamos al mismo tiempo con un perplejo recepcionista y pensamos, o fingimos pensar, que estábamos siendo muy graciosos...

La habitación era grande y sofocante y, aunque casi eran ya las cuatro en punto, al abrir las ventanas solo entró un poco de aire caliente del parque. Daisy se plantó delante del espejo y se arregló el pelo dándonos la espalda.

—La suite no está mal —murmuró respetuosa Jordan y todos nos echamos a reír.

—Abre otra ventana —le ordenó Daisy sin volverse.

—No hay más.

—Pues más vale que llamemos a recepción para pedir un hacha.

—Deja de hablar del calor —dijo con impaciencia Tom—. Tanto darle vueltas no sirve más que para empeorarlo.

Desenvolvió la botella de whisky de la toalla y la dejó sobre la mesa.

—¿Por qué no la deja en paz, socio? —observó Gatsby—. Ha sido usted quien ha querido venir a la ciudad.

Se produjo un momento de silencio. La guía telefónica se soltó de su gancho y cayó al suelo, y Jordan murmuró: «Lo siento», pero esta vez nadie se rio.

—Yo la cogeré —me ofrecí.

—Ya la recojo yo —Gatsby examinó el cordel roto, murmuró «¡Ajá!» con aire interesado y dejó el listín en una silla.

—Es su expresión preferida, ¿eh? —observó Tom bruscamente.

—¿Cuál?

—Eso de llamar «socio» a la gente. ¿De dónde lo ha sacado?

—Oye, Tom —dijo Daisy volviéndose del espejo—, si vas a empezar a meterte con la gente, no me quedaré aquí ni un minuto más. Llama abajo y pide un poco de hielo para preparar los julepes.

Cuando Tom cogió el auricular, el calor comprimido explotó en forma de sonido y oímos los portentosos acordes de la *Marcha nupcial* de Mendelssohn en la sala de baile de abajo.

—¡Cómo puede casarse alguien con este calor! —exclamó en tono sombrío Jordan.

—Pues yo me casé en pleno junio —recordó Daisy—. ¡Louisville en junio! Si hasta hubo uno que se desmayó. ¿Quién fue, Tom?

—Biloxi —respondió él, lacónico.

—Un tipo llamado Biloxi. «Blocs» Biloxi, un fabricante de cajas, nada menos..., y era de Biloxi, Tennessee.

—Lo llevaron a mi casa —añadió Jordan—, porque vivíamos a dos manzanas de la iglesia. Y se quedó allí tres semanas, hasta que papá le pidió que se marchara. Un día después de que se fuese, murió papá. —Al cabo de un instante añadió, como si hubiese dicho algo irreverente—. Aunque no hubo ninguna relación entre ambas cosas.

—Yo conocí a un tal Bill Biloxi que era de Memphis —observé.

—Uno de sus primos. Antes de marcharse me contó la historia de su familia. Me regaló un palo de golf de aluminio que todavía utilizo hoy.

La música había cesado al empezar la ceremonia y en ese momento flotaron hasta la ventana una serie de vítores seguidos de gritos intermitentes de «¡Sí, sí, sí!», y por fin un estallido de música de jazz cuando empezó el baile.

—Nos estamos haciendo viejos —dijo Daisy—. Si fuésemos jóvenes nos levantaríamos y nos pondríamos a bailar.

—Recuerda a Biloxi —la advirtió Jordan—. ¿De qué lo conocías, Tom?

—¿A Biloxi? —Hizo un esfuerzo por concentrarse—. No lo conocía. Era amigo de Daisy.

—No —negó ella—. Jamás lo había visto. Llegó en el vagón privado.

—Pues él aseguraba que era amigo tuyo. Decía que se había criado en Louisville. Lo trajo Asa Bird en el último minuto y preguntó si teníamos sitio para él.

Jordan sonrió.

—Probablemente quisiera viajar a casa de gorra. Me contó que había sido el delegado de tu clase en Yale.

Tom y yo nos miramos con gesto inexpresivo.

—¿Biloxi?

—En primer lugar no teníamos delegado...

Gatsby dio unos golpecitos con el pie en el suelo y Tom se volvió de pronto hacia él.

—Y a propósito, señor Gatsby, tengo entendido que se licenció usted en Oxford.

—No exactamente.

—Pero, sí, me han dicho que estudió usted allí.

—Sí..., así es.

Una pausa. Luego la voz de Tom afirmó en tono incrédulo e insultante:

—Debió de ser por la misma época en que Biloxi estudió en New Haven.

Otra pausa. Un camarero llamó a la puerta y entró con hielo y menta machacada, pero el silencio no se quebró cuando nos dio las gracias y cerró despacio la puerta. Por fin iba a desvelarse aquel detalle crucial.

—Ya le he dicho que estuve allí —dijo Gatsby.

—Le he oído, pero querría saber cuándo.

—En 1919. Solo me quedé cinco meses. Por eso no puede decirse propiamente que estudiara en Oxford. —Tom miró a su alrededor, para ver si compartíamos su incredulidad. Pero todos estábamos mirando a Gatsby—. Fue una oportunidad que dieron a algunos de los oficiales después del armisticio —prosiguió—. Nos dejaron elegir cualquier universidad de Francia e Inglaterra.

Tuve que contenerme para no levantarme y darle una palmada en la espalda. Sentí uno de esos arrebatos de absoluta confianza en él, que ya había experimentado antes.

Daisy se levantó esbozando una vaga sonrisa y fue a la mesa.

—Abre el whisky, Tom —ordenó—. Te prepararé un julepe de menta para que no te sientas tan estúpido... ¡Cuidado con la menta!

—Espera un momento —le espetó Tom—. Hay otra cosa que quiero preguntarle al señor Gatsby.

—Adelante —dijo con educación Gatsby.

—¿Qué clase de escándalo está tratando de organizar en mi casa?

Por fin iban a poner las cartas sobre la mesa y Gatsby se alegró.

—No está organizando ningún escándalo. —Daisy los miró desesperada a los dos—. Eres tú quien está organizándolo. Haz el favor de controlarte.

—¡Que me controle! —repitió con incredulidad Tom—. Está visto que la última moda es dejar que un don Nadie llegado de Dios sabe dónde coquetee con tu mujer. Pues, si se trata de eso, ya puedes ir... Hoy la gente desprecia la vida y la institución familiar, si seguimos así acabaremos echándolo todo por la borda y casándonos con negros.

Encendido por aquella apasionada jerigonza se veía a sí mismo como la última barrera de la civilización.

—Aquí todos somos blancos —murmuró Jordan.

—Ya sé que no soy muy popular. No doy grandes fiestas. Supongo que en el mundo moderno uno tiene que convertir su casa en una pocilga para tener amigos.

A pesar de mi enfado, que todos compartían, aquella transformación tan completa de libertino en puritano hizo que me sintiera tentado de echarme a reír cada vez que Tom abría la boca.

—Deje que le diga algo, socio... —empezó Gatsby. Pero Daisy adivinó sus intenciones.

—¡No, por favor! —le interrumpió impotente—. Por favor, volvamos a casa. ¿Por qué no volvemos a casa?

—Buena idea. —Me puse en pie—. Vamos, Tom. A nadie le apetece tomar una copa.

—Quiero saber qué es lo que tiene que decirme el señor Gatsby.

—Su mujer no le quiere —dijo Gatsby en voz baja—. Nunca le ha querido. Me quiere a mí.

—¡Está usted loco! —exclamó como un resorte Tom.

Gatsby se puso en pie muy agitado.

—Nunca le ha querido, ¿me oye? —exclamó—. Solo se casó con usted porque yo era pobre y se cansó de esperarme. ¡Fue un terrible error, pero en el fondo de su corazón nunca ha querido a nadie más que a mí!

En ese momento Jordan y yo hicimos ademán de marcharnos, pero Tom y Gatsby insistieron con mucha decisión en que nos quedáramos, como si ninguno de ellos tuviese nada que esconder y considerase un privilegio compartir sus emociones.

—Siéntate, Daisy. —La voz de Tom se esforzó inútilmente por adoptar un tono paternalista—. ¿Qué es lo que ha pasado? Quiero saberlo.

—Ya le he dicho lo que ha pasado —dijo Gatsby—. Lleva pasando cinco años... sin que usted lo supiera.

Tom se volvió bruscamente hacia Daisy.

—¿Llevas cinco años viéndote con este tipo?

—No me ha estado viendo —dijo Gatsby—. No, no tuvimos ocasión. Pero nos hemos querido todo ese tiempo, socio, y usted sin enterarse. A veces me reía... —No había risa en sus ojos—, al pensar que usted no lo sabía.

—¡Ah...!, con que eso es todo. —Tom se puso a juguetear con los pulgares como un cura y se arrellanó en el asiento—. ¡Está usted loco! —estalló—. No sé lo que ocurriría hace cinco años, porque todavía no conocía a Daisy... y que me parta un rayo si le vi a usted acercarse a menos de diez kilómetros de ella, a menos que trajera usted las verduras por la puerta de servicio. Pero todo lo demás es una condenada mentira. Daisy me amaba cuando se casó conmigo y me sigue queriendo hoy.

—No —insistió Gatsby moviendo la cabeza.

—Me quiere. Lo que pasa es que a veces se le meten cosas raras en la cabeza y no sabe lo que hace —asintió con aire reflexivo—. Y lo que es más, yo también la quiero. De vez en cuando me corro alguna juerga y me porto como un imbécil, pero siempre vuelvo, y en el fondo de mi corazón la he querido siempre.

—Eres repulsivo —dijo Daisy. Se volvió hacia mí y su voz, una octava más grave, llenó la habitación de vibrante desprecio—. ¿Sabes por qué nos fuimos de Chicago? Me sorprende que nadie te contara la historia de esa pequeña juerga.

Gatsby fue a su lado.

—Daisy, eso ya pasó —dijo muy serio—. Ya no tiene importancia. Solo dile la verdad, dile que nunca le has querido, y todo habrá acabado para siempre.

Ella lo miró sin verle.

—¿Cómo... cómo iba a quererle?

—Nunca le has querido.

Ella dudó. Sus ojos se posaron implorantes en Jordan y en mí, como si por fin hubiese comprendido lo que estaba haciendo y nunca hubiera deseado hacerlo, pero ya fuese demasiado tarde.

—Nunca le he querido —dijo con visible reticencia.

—¿Ni siquiera en Kapiolani? —preguntó de pronto Tom.

—No.

Desde la sala de baile ascendían en cálidas oleadas acordes apagados y sofocantes.

—¿Ni el día en que te bajé en brazos del Punch Bowl para que no se te mojaran los pies? —Había una ronca ternura en su voz—. ¿...Daisy?

—Por favor, no sigas —su tono seguía siendo frío, pero el rencor había desaparecido. Miró a Gatsby—. No pasa nada, Jay —dijo, pero al ir a encender un cigarrillo, la mano le tembló. De pronto soltó el cigarrillo y la cerilla encendida en la alfombra—. ¡Oh, pides demasiado! —le gritó a Gatsby—. ¿Te quiero... no te basta con eso? No puedo cambiar el pasado. —Ella empezó a sollozar con impotencia—. Lo quise una vez..., pero también te quería a ti.

Gatsby abrió y cerró los ojos.

—¿Que también me querías a mí? —repitió.

—Incluso eso es mentira —exclamó violentamente Tom—. Ni siquiera sabía si estaba usted vivo o muerto. Hay cosas entre Daisy y yo que nunca sabrá, cosas que ninguno de los dos olvidaremos jamás.

Sus palabras parecieron herir a Gatsby como una dentellada.

—Quiero hablar con Daisy a solas —insistió—. Ahora está nerviosa...

—Ni siquiera a solas podría decir que nunca haya querido a Tom —admitió ella con voz triste—. No sería cierto.

—Pues claro que no —coincidió Tom.

Ella se volvió hacia su marido.

—Como si a ti te importara —dijo Daisy.

—Pues claro que me importa. A partir de ahora pienso cuidar mejor de ti.

—No lo entiende —dijo Gatsby con un deje de pánico en la voz—. Ya nunca volverá a cuidar de ella.

—¿Ah, no? —Tom abrió mucho los ojos y se rio. Por fin había logrado dominarse—. Y eso ¿por qué?

—Porque Daisy va a dejarle.

—Bobadas.

—Pues voy a hacerlo —dijo ella con un visible esfuerzo.

—¡No va a dejarme! —Las palabras de Tom cayeron de pronto sobre Gatsby—. Y menos por un vulgar timador que tendría que robar el anillo que le pondría en el dedo.

—¡No lo soporto más! —exclamó Daisy—. Por favor, vámonos de aquí.

—Además, ¿quién es usted? —le espetó Tom—. Sé que pertenece a la pandilla de Meyer Wolfshiem. He investigado un poco sus negocios... y mañana pienso seguir investigándolos.

—Como guste, socio —dijo sin inmutarse Gatsby.

—He descubierto lo de sus «farmacias». —Se volvió hacia nosotros y siguió hablando atropelladamente—. El tal Wolfshiem y él compraron varias farmacias en callejones de Nueva York y Chicago y se dedicaron a vender alcohol como si fuesen medicinas sin receta. Uno de sus pequeños logros. Nada más verlo, me dije que era un contrabandista de licor y no iba tan descaminado.

—¿Y qué? —dijo educadamente Gatsby—. Su amigo Walter Chase no puso reparos a la hora de participar en el negocio.

—Y lo dejaron en la estacada. No les importó que pasase un mes en la cárcel de Nueva Jersey. ¡Dios! Tendría que oír las cosas que dice Walter de usted.

—Cuando vino a vernos estaba arruinado. Le encantó la idea de ganar un poco de dinero, socio.

—¡No me llame «socio»! —gritó Tom. Gatsby no dijo nada—. Walter también podría haberles denunciado por lo de las apuestas, pero Wolfshiem le amenazó y le obligó a cerrar la boca. —El rostro de Gatsby había vuelto a adoptar aquella expresión desconocida y al mismo tiempo reconocible—. Lo de las farmacias no era más que calderilla —prosiguió muy despacio Tom—, pero ahora está metido en algo de lo que Walter no se ha atrevido a hablarme.

Observé a Daisy y vi que estaba mirando horrorizada a Gatsby, a su marido y a Jordan, que había empezado a sostener en equilibrio sobre la barbilla un objeto invisible que absorbía toda su atención. Luego me volví hacia Gatsby y me sorprendió su gesto. Era —y lo digo con todo mi desprecio por las calumnias y balbuceos que oí en su jardín— como si hubiese «matado a un hombre». Por un momento, la expresión de su rostro solo admitió esa descabellada descripción.

Enseguida desapareció y empezó a hablarle a Daisy

con mucho apasionamiento, negándolo todo y defendiendo su buen nombre contra acusaciones que nadie había formulado. Pero sus palabras solo consiguieron que ella se fuese encerrando más y más en sí misma, así que se rindió y solo su sueño extinto siguió debatiéndose a medida que pasaba la tarde, esforzándose por tocar lo que había dejado de ser tangible, luchando penosamente, aunque sin desesperar, por llegar a aquella voz perdida al otro lado de la habitación.

La voz volvió a rogar que nos marcháramos.

—¡Por favor, Tom! No lo soporto más.

Sus ojos asustados revelaban que cualesquiera que hubiesen sido sus intenciones y por mucho valor que hubiese tenido antes, habían desaparecido definitivamente.

—Volved vosotros a casa, Daisy —dijo Tom—. En el coche del señor Gatsby. —Ella miró asustada a Tom, pero él insistió con magnánimo desdén—. Ve. No te molestará. Creo que ya ha comprendido que su presuntuoso coqueteo ha llegado a su fin.

Se marcharon sin decir una palabra, desaparecieron igual que fantasmas, convertidos en algo fortuito y ajeno incluso a nuestra compasión.

Al cabo de un instante, Tom se puso en pie y empezó a envolver la botella de whisky en la toalla.

—¿Os apetece una copa? ¿Jordan...? ¿Nick?

No respondí.

—¿Nick? —volvió a preguntar.

—¿Qué?

—Que si quieres un trago.

—No... acabo de recordar que hoy es mi cumpleaños.

Cumplía treinta. Ante mí se extendía la senda ominosa y amenazadora de un nuevo decenio.

Cuando subimos al coupé y emprendimos el viaje de regreso a Long Island eran las siete en punto. Tom no paraba de hablar, exultante y sonriente, pero a Jordan y a mí su voz nos parecía tan distante como el rumor ajeno de las aceras o el estruendo del tren elevado sobre nuestras cabezas. La compasión humana tiene sus límites y nos alegramos de que sus trágicos argumentos se desvanecieran junto con las luces de la ciudad a nuestras espaldas. Treinta años: la promesa de diez años de soledad, una lista de solteros a quienes conocer cada vez más reducida, una reserva de entusiasmo cada vez más menguada y unos cabellos cada vez más escasos. Pero a mi lado tenía a Jordan que, al contrario que Daisy, era demasiado inteligente para prolongar sueños largo tiempo olvidados de una época a otra. Cuando cruzábamos el puente en la oscuridad, su rostro lívido se posó con languidez sobre el hombro de mi chaqueta y el insoportable peso de los treinta años desapareció con la tranquilizadora presión de su mano.

Y así condujimos hacia la muerte a través del fresco crepúsculo.

Michaelis, el joven griego que regentaba el restaurante que había junto al montón de cenizas, fue el principal testigo durante la instrucción. Había estado durmiendo en las horas de más calor hasta pasadas las cinco, cuando se acercó al garaje y encontró a Wilson indispuesto en su despacho —muy enfermo, pálido como su cabello pálido y temblando como un azogado—. Michaelis le aconsejó que se acostara, pero Wilson se negó, alegando que si lo hacía perdería muchos clientes. Mientras su vecino trataba de convencerle, se oyó un gran escándalo en el piso de arriba.

—He encerrado a mi mujer —explicó Wilson con mucha calma—. Se quedará ahí hasta pasado mañana y luego nos iremos.

Michaelis se quedó atónito; hacía cuatro años que eran vecinos y nunca le había creído capaz de decir algo semejante. Por lo general era uno de esos hombres que siempre parecen exhaustos: cuando no estaba trabajando, se sentaba en una silla en la puerta y miraba a la gente y los coches que pasaban por la carretera. Cada vez que alguien le hablaba, soltaba una risa agradable y descolorida. Era su mujer y no él quien llevaba los pantalones.

Como es lógico, Michaelis trató de averiguar lo que había ocurrido, pero Wilson no quiso decirle ni una palabra —en lugar de eso empezó a mirarle con suspicacia y a preguntarle qué había hecho determinados días a determinadas horas. Justo cuando Michaelis empezaba a sentirse incómodo pasaron unos obreros camino del restaurante y aprovechó la ocasión para marcharse con intención de volver más tarde. Pero no lo hizo. Lo olvidó sin más. Cuando salió, poco después de las siete, recordó la conversación porque oyó la voz de la señora Wilson que gritaba en tono de reproche en el piso de abajo del garaje.

—¡Pégame! —la oyó chillar—. ¡Échame a la calle y pégame, cobarde!

Un instante después, salió corriendo hacia la oscuridad, gritando y moviendo los brazos; todo acabó antes de que Michaelis pudiera reaccionar.

El «coche mortal», como lo llamaron los periódicos, no se detuvo; salió de la oscuridad, dio un trágico volantazo y luego desapareció tras la curva. Michaelis ni siquiera estaba seguro del color: al principio aseguró a la policía que era verde claro. El otro coche, el que circulaba en dirección a Nueva York, se detuvo unos cien metros más adelante y el conductor corrió al lugar donde Myrtle Wilson, cuya vida había sido segada violentamente, se hallaba arrodillada en la carretera mezclando su sangre oscura y espesa con el polvo.

Michaelis y el otro hombre llegaron los primeros, pero cuando le desgarraron la blusa todavía húmeda de sudor comprobaron que el pecho izquierdo colgaba como una solapa y no había necesidad de intentar oír los latidos del corazón. Tenía la boca muy abierta y rasgada por las comisuras, como si le hubiese faltado el aire al dejar escapar la tremenda vitalidad que había acumulado durante tanto tiempo.

Vimos los tres o cuatro automóviles y a la gente cuando todavía estábamos lejos.

—¡Un accidente! —exclamó Tom—. Eso está bien. Así Wilson tendrá trabajo por fin. —Redujo la velocidad, todavía sin intención de parar, pero, al acercarnos, los rostros silenciosos y serios a la puerta del garaje le hicieron pisar el freno—. Echaremos un vistazo —dijo dubitativo—, solo un vistazo. —Reparé entonces en un sonido hueco y quejoso que salía sin cesar del garaje, un sonido que al apearnos del coupé y andar hacia la puerta se convirtió en las palabras *Dios mío* repetidas incesantemente con un gemido ahogado—. Ha pasado algo malo —dijo Tom preocupado.

Se puso de puntillas, por encima de un círculo de cabezas, y escudriñó el garaje iluminado solo por una luz amarillenta que se balanceaba dentro de una pantalla de rejilla. Luego emitió un sonido áspero y gutural y se abrió paso entre la gente empujándola con un violento movimiento de sus fuertes brazos.

El círculo volvió a cerrarse con un murmullo de queja; hasta pasado un minuto no pude ver nada. Luego fue llegando más gente y a Jordan y a mí nos empujaron hacia el interior del garaje.

El cadáver de Myrtle Wilson yacía sobre la mesa de taller que había junto a la pared, envuelto en dos mantas, como si temieran que pudiese coger frío en aquella noche tan calurosa, y Tom, de espaldas a nosotros, se había inclinado inmóvil sobre ella. Junto a él había un motorista de la policía muy sudoroso que apuntaba nombres y hacía muchas correcciones en un cuaderno de notas. Al principio, no supe de dónde provenían los gritos que resonaban clamorosos en el austero garaje, luego vi a Wilson de pie en el escalón del umbral de su despacho, tambaleándose y sujetándose a las jambas de la puerta con ambas manos. Alguien le hablaba en voz baja y trataba de vez en cuando de ponerle una mano en el hombro, pero Wilson no oía ni veía a nadie. Sus ojos iban de la luz oscilante a la mesa que había junto a la pared y luego volvía a mirar la luz sin dejar de soltar sus gritos horribles y chillones.

—¡Dios mío, Dios mío, Dios mío...!

Luego Tom alzó la cabeza con una sacudida y, después de mirar fijamente el garaje con ojos vidriosos, le murmuró una pregunta incoherente al policía.

—M-a-v... —estaba diciendo el policía—... o...

—No, erre —le corrigió el hombre—, M-a-v-r-o...

—¡Oiga! —murmuró con ferocidad Tom.

—Erre —repitió el policía—, o...

—Ge...

—Ge... —Alzó la vista al notar la manaza de Tom que se posaba bruscamente en su hombro—. ¿Qué es lo que quiere, amigo?

—¡Necesito saber qué ha pasado!

—La ha atropellado un coche. Ha muerto en el acto.

—Ha muerto en el acto —repitió Tom con la mirada fija.

—Salió corriendo a la carretera. El muy hijo de puta ni siquiera paró el coche.

—Había dos coches —dijo Michaelis—. Uno que iba y otro que venía, ¿entiende?

—Que iba ¿adónde? —preguntó interesado el policía.

—Cada uno circulaba en un sentido. En fin, ella... —Señaló con la mano hacia las mantas, pero se detuvo y volvió a bajarla—... salió corriendo y el coche que venía de Nueva York la atropelló, debía de ir a sesenta o setenta kilómetros por hora.

—¿Cómo se llama este lugar? —preguntó el policía.

—No tiene nombre.

Un negro pálido y bien vestido se acercó.

—Era un coche amarillo —dijo—. Un coche amarillo bastante grande. Nuevo.

—¿Es que ha visto el accidente?

—No, pero me crucé con el coche por la carretera y circulaba a más de setenta por hora, por lo menos a noventa o cien.

—Venga aquí y dígame su nombre. Aparten. Tengo que apuntar su nombre.

Algunas palabras de la conversación debieron de llegar a Wilson a la puerta de su despacho, pues de pronto una nueva cantinela se abrió paso entre sus gritos ahogados.

—¡No hace falta que me diga cómo era el coche! ¡Lo sé muy bien!

Observé a Tom y vi cómo se tensaban los músculos de su hombro por debajo de la chaqueta. Se acercó a Wilson, se plantó delante de él y lo cogió del brazo.

—Tiene usted que dominarse —dijo tratando de consolarlo con voz hosca. Wilson miró a Tom, dio un respingo y si Tom no le hubiese sujetado se le habrían doblado las rodillas—. Escuche —dijo Tom sacudiéndolo un poco—. Acabo de llegar de Nueva York. Le traía el coupé del que habíamos hablado. El coche amarillo que conducía antes no era mío, ¿me oye? No lo he visto en toda la tarde.

Solo el negro y yo estábamos lo bastante cerca para oír lo que decía, pero el policía debió de reparar en su tono de voz y los miró con aire inquisitivo.

—¿Qué está usted diciendo? —preguntó.

—Soy amigo suyo. —Tom volvió la cabeza, pero siguió sujetando a Wilson—. Dice que conoce el coche que la atropelló... Era un coche amarillo.

Un lúgubre impulso hizo que el policía mirara a Tom con suspicacia.

—¿Y de qué color es su coche?

—Tengo un coupé de color azul.

—Acabamos de llegar de Nueva York —dije.

Uno que iba conduciendo detrás de nosotros se lo confirmó y el policía se alejó.

—Bueno, ¿quiere deletrearme correctamente su nombre...?

Tom cogió a Wilson como si fuese un pelele, lo metió en el despacho, lo sentó en una silla y se volvió.

—¡Que alguien entre a hacerle compañía! —gritó en tono autoritario. Se quedó mirando mientras los dos hombres que había más cerca se miraban y entraban a regañadientes en la habitación. Luego cerró la puerta tras ellos y bajó el escalón sin mirar a la mesa. Al pasar a mi lado susurró—: Vayámonos de aquí.

Apocados, nos abrimos paso entre la multitud gracias a los fuertes brazos de Tom y nos cruzamos con un médico que llegaba apresuradamente, maletín en mano, y a quien habían llamado con infundadas esperanzas media hora antes.

Tom condujo despacio hasta que doblamos la curva, luego pisó a fondo el acelerador y el coupé salió disparado en mitad de la noche. Al cabo de un rato oí un sollozo ahogado y vi que las lágrimas le corrían por las mejillas.

—¡Condenado cobarde! —gimoteó—. Ni siquiera paró el coche.

La casa de los Buchanan flotó de pronto hacia nosotros entre los árboles oscuros y susurrantes. Tom se detuvo al lado del porche y miró hacia el segundo piso, donde dos ventanas resplandecían iluminadas entre las enredaderas.

—Daisy está en casa —dijo. Al apearse del coche, me miró y frunció levemente el ceño—. Debería haberte dejado en West Egg, Nick. Esta noche ya no vamos a hacer nada. —Había experimentado un notable cambio y hablaba con gravedad y decisión. Mientras recorríamos a la luz de la luna el sendero de grava que conducía hasta el porche se hizo cargo de la situación con un par de frases enérgicas—. Llamaré a un taxi para que te lleve a casa, y mientras esperas será mejor que Jordan y tú vayáis a la cocina y que os preparen algo de cenar, si es que os apetece. Entrad.

—No gracias. Aunque te agradeceré que me pidas un taxi. Esperaré fuera.

Jordan me puso la mano en el hombro.

—¿No vas a entrar, Nick?

—No gracias.

No me encontraba muy bien y quería estar solo. Pero Jordan se quedó un rato más.

—Son solo las nueve y media —dijo.

Me habría dejado ahorcar antes que entrar allí; había tenido bastante por un día y de pronto eso incluyó también a Jordan. Debió de notarlo en mi expresión porque se dio bruscamente la vuelta y subió corriendo las escaleras del porche. Me senté unos minutos con la cabeza entre las manos, hasta que oí descolgar el teléfono y la voz del mayordomo que pedía un taxi. Luego anduve despacio por el sendero de entrada con intención de esperar junto a la verja.

No llevaba recorridos ni veinte metros cuando oí pronunciar mi nombre y Gatsby apareció de entre dos arbustos en el sendero. Yo debía estar un poco ido, pues en lo único que pude pensar fue en la luminosidad de su traje rosa a la luz de la luna.

—¿Qué está haciendo ahí? —pregunté.

—Estoy aquí sin más, socio. —No sé por qué pero me pareció una ocupación poco recomendable. Que yo supiera, hasta era posible que hubiese ido allí a robar. No me habría sorprendido ver caras de aspecto siniestro, las caras de «la gente de Wolfshiem» detrás de él entre los oscuros arbustos—. ¿Se han topado con algún accidente por la carretera? —preguntó al cabo de un minuto.

—Sí.

Dudó.

—¿Ha muerto?

—Sí.

—Ya lo suponía; se lo dije a Daisy. Me pareció mejor decírselo de golpe, y la verdad es que lo soportó con bastante entereza. —Hablaba de la reacción de Daisy como si fuese lo único que le importara—. Llegué a West Egg por una carretera secundaria —prosiguió—, y dejé el coche en mi garaje. Creo que no nos ha visto nadie, pero, claro, nunca se sabe. —En ese momento me pareció tan desagradable que ni siquiera creí necesario aclararle que estaba equivocado—. ¿Quién era la mujer? —preguntó.

—Se llamaba Wilson. Su marido es el dueño del garaje. ¿Cómo demonios sucedió?

—Bueno, traté de dar un volantazo... —se interrumpió y de pronto adiviné la verdad.

—¿Era Daisy quien conducía?

—Sí —respondió al cabo de un instante—, aunque diré que fui yo, claro. Verá, cuando salimos de Nueva York estaba muy nerviosa y pensó que conducir la calmaría..., esa mujer salió corriendo justo cuando nos cruzábamos con otro coche. Todo ocurrió en una fracción de segundo, pero tuve la impresión de que quería hablarnos, como si nos hubiera confundido con alguien a quien conocía. En fin, Daisy esquivó a la mujer y giró hacia el otro coche, pero luego se asustó y volvió a girar. Cuando logré hacerme con el volante noté el golpe..., debió de morir en el acto.

—La abrió en canal.

—No me lo diga, socio —dijo torciendo el gesto—. El caso es que Daisy pisó a fondo el acelerador. Traté de convencerla de que se detuviera, pero no pudo, así que tiré del freno de mano. Luego se desplomó entre mis brazos y yo seguí conduciendo. Mañana estará bien —dijo enseguida—. Pienso quedarme aquí, no sea que él trate de molestarla por lo de esa discusión tan desagradable de esta tarde. Ahora ella se ha encerrado en su habitación y hemos quedado en que si su marido intenta cualquier barbaridad apagará la luz y luego volverá a encenderla.

—No la tocará —dije—. No es en ella en quien está pensando.

—No me fío de él, socio.

—¿Cuánto tiempo piensa quedarse aquí?

—Toda la noche, si es necesario. Como mínimo hasta que todos se vayan a dormir.

Entonces se me ocurrió otra cosa. ¿Y si Tom averiguaba que había sido Daisy quien conducía? Tal vez creyera que había alguna relación..., podía pensar cualquier cosa. Miré a la casa: había dos o tres ventanas encendidas abajo y el resplandor rosado de la habitación de Daisy en el piso de arriba.

—Espere aquí —dije—. Iré a ver si están discutiendo.

Regresé por el borde del césped, atravesé sin hacer ruido el camino de grava y subí de puntillas los escalones de la veranda. Las cortinas del salón no estaban echadas y vi que estaba vacío. Atravesé el porche donde habíamos cenado aquella noche de junio tres meses antes y llegué a un pequeño rectángulo de luz que supuse que sería la ventana de la despensa. La persiana estaba bajada, pero quedaba un resquicio en el alféizar.

Daisy y Tom se hallaban sentados uno enfrente del otro en la mesa de la cocina con un plato de pollo frío delante y dos botellas de cerveza. Él le hablaba muy serio y le había cogido de la mano. De vez en cuando, ella lo miraba y asentía.

No parecían muy contentos y ninguno de los dos había probado ni el pollo ni la cerveza; sin embargo tampoco parecían desdichados. Se percibía un aire de intimidad tan inconfundible que cualquiera habría dicho que estaban conspirando contra alguien.

Mientras bajaba de puntillas las escaleras del porche, oí el taxi que se abría paso a tientas por la carretera oscura en dirección a la casa. Gatsby me esperaba donde lo había dejado, en el camino de entrada.

—¿Todo en orden? —preguntó preocupado.

—Sí. —Dudé—. Será mejor que vuelva a casa conmigo y duerma usted un poco.

Movió la cabeza.

—Prefiero esperar hasta que Daisy se vaya a la cama. Buenas noches, socio.

Metió las manos en los bolsillos de la chaqueta y volvió a vigilar inquieto la casa como si mi presencia mancillara el carácter sagrado de sus desvelos. Así que me fui y lo dejé allí a la luz de la luna, vigilando la nada.

Capítulo 8

Esa noche casi no pude pegar ojo; una bocina de niebla estuvo gimiendo constantemente en el estrecho y no paré de dar vueltas en la cama debatiéndome con una vaga sensación de náusea entre una realidad grotesca y varios sueños descabellados y aterradores. Al amanecer, oí un taxi que llegaba por el camino de entrada a la mansión de Gatsby y me levanté de un salto y empecé a vestirme. Tuve la intuición de que debía advertirle de algo y de que si esperaba a que se hiciera de día sería demasiado tarde.

Mientras cruzaba el jardín vi que la puerta principal seguía abierta y lo encontré apoyado en una mesa del vestíbulo, abatido por el cansancio o el desánimo.

—No ha pasado nada —dijo lánguidamente—. Esperé y a eso de las cuatro ella se asomó un minuto a la ventana y luego apagó la luz.

Su casa nunca me había parecido tan enorme como aquella noche poco antes del alba en que recorrimos sus habitaciones en busca de cigarrillos. Apartamos cortinas que parecían pabellones y palpamos innumerables metros de pared en busca de los interruptores de la luz; una vez topé con una especie de chapoteo con las teclas de un fantasmal piano. En todas partes había una cantidad inexplicable de polvo y las habitaciones olían a humedad como si no se hubiesen aireado desde hacía días. La cigarrera estaba sobre una mesa donde nunca la había visto y dentro solo quedaban dos cigarrillos resecos. Abrimos los ventanales del salón y nos sentamos a fumar en la oscuridad.

—Debería usted marcharse —dije—. Seguro que acabarán encontrando el coche.

—¿Que me vaya ahora, socio?

—Váyase una semana a Atlantic City o a Montreal.

No quiso ni oír hablar del asunto. No podía dejar a Daisy hasta saber lo que ella pensaba hacer. Se estaba aferrando a una última esperanza y no tuve valor de desengañarle.

Esa noche fue cuando me contó la extraña historia de su juventud con Dan Cody, me la contó porque «Jay Gatsby» se había hecho añicos contra el implacable rencor de Tom y el espectáculo de aquella vida inventada y secreta había llegado a su fin. Creo que en aquel momento habría reconocido sin reservas cualquier cosa, pero lo que quería era hablar de Daisy.

Era la primera «niña bien» que había conocido. Había entrado en contacto con gente así mientras desempeñaba diversos empleos que no llegó a concretar, pero le había separado de ellos un alambre de espino indiscernible. Le pareció enormemente deseable. Fue a visitarla a su casa, las primeras veces con otros oficiales del campamento Taylor, luego solo. Le deslumbró: nunca había estado en una casa tan bonita, pero lo que le proporcionaba aquella intensidad que le dejaba casi sin aliento era que Daisy viviera en ella con tanta naturalidad como él en su tienda de campaña del campamento. Poseía un maduro misterio, como si los dormitorios del piso de arriba fuesen más frescos y hermosos que los demás, como si en los pasillos sucedieran alegres y deslumbrantes actividades y amoríos que, lejos de estar mustios y guardados entre saquitos de lavanda, eran frescos y fragantes con el aroma de los deslumbrantes automóviles de ese año y de los bailes cuyas flores todavía no se habían marchitado. También le conmovía que a Daisy la hubieran querido ya muchos hombres y era como si eso aumentase el valor que tenía ante sus ojos. La presencia de aquellos antiguos pretendientes impregnaba la casa de las sombras y los ecos de emociones todavía vibrantes.

No obstante, era consciente de que él estaba allí por pura casualidad. Por muy glorioso que pudiera ser su futuro como Jay Gatsby, en aquel momento no era más que un joven sin pasado y sin un céntimo, y en cualquier momento el manto del uniforme que le hacía invisible podía deslizársele de los hombros. Así que aprovechó el tiempo al máximo. Tomó todo lo que pudo, con voracidad y sin ningún escrúpulo, hasta que acabó haciendo suya también a Daisy una noche tranquila de octubre, y digo que la hizo suya porque lo cierto era que no tenía ningún derecho a tocarle la mano.

Podría haberse despreciado a sí mismo por haber recurrido a falsas presunciones. Y no pretendo decir con eso que alardeara de sus supuestos millones, sino que deliberadamente le dio a Daisy una sensación de seguridad: dejó que pensara que pertenecía a su misma clase social y que podía cuidar de ella. En realidad, nada de eso era cierto: no contaba con la protección de una familia acomodada y el capricho de un gobierno impersonal podía enviarlo de un plumazo a cualquier parte del mundo.

Pero no se despreció a sí mismo y las cosas no salieron como había imaginado. Lo más probable es que su intención fuese apoderarse de todo lo que pudiera y desaparecer, pero descubrió que se había comprometido en la búsqueda de un Grial. Sabía que Daisy era extraordinaria, pero no hasta qué punto podía ser extraordinaria una «niña bien». La joven volvió a su casa de niña rica, a su vida rica y plena y lo dejó sin nada. Sencillamente tuvo la sensación de haberse casado con ella.

Cuando volvieron a verse, dos días después, fue Gatsby, que aún seguía sin aliento, el engañado. El porche resplandecía con la luz de lámparas que parecían estrellas; el mimbre del sofá crujió elegantemente cuando ella se volvió y él besó su boca curiosa y encantadora. Daisy se había resfriado y su voz sonaba más ronca y encantadora que nunca y Gatsby fue aún más consciente de la juventud y el misterio que el dinero atesora y conserva, de la frescura que proporciona un guardarropa bien surtido y de cómo relucía Daisy, orgullosa y segura como si fuese de plata, por encima de los acalorados afanes de los pobres.

—No sabría describir lo mucho que me sorprendió darme cuenta de que la quería, socio. Incluso tuve la esperanza de que quisiera romper conmigo, pero no lo hizo, porque también se había enamorado. Se convenció de que yo sabía muchas cosas porque sabía mucho de ella... En fin, de pronto me vi ahí, lejos de mis ambiciones y enamorándome más a cada minuto que pasaba, y no me importó. ¿De qué servía hacer grandes cosas si podía pasarlo mejor hablándole de mis planes?

La última tarde antes de partir a Europa pasó un largo rato sentado sin decir nada y con Daisy entre sus brazos. Era un frío día de otoño, habían encendido la chimenea y ella tenía ruborizadas las mejillas. De vez en cuando se movía y él cambiaba el brazo de posición, y una vez le besó los cabellos negros y brillantes. Aquella tarde les había proporcionado un poco de paz, como para dejarles un recuerdo duradero ante la larga separación que se produciría al día siguiente. Nunca habían estado tan cerca en aquel mes que duró su amor ni se habían sentido tan unidos como cuando ella rozó sus labios silenciosos contra el hombro de la guerrera o cuando él le acarició con mucha delicadeza la punta de los dedos como si estuviese dormida.

En la guerra las cosas no pudieron irle mejor. Lo ascendieron a capitán antes de partir para el frente y después de la batalla de las Ardenas lo nombraron comandante y lo pusieron al mando del Batallón de ametralladoras. Después del armisticio hizo lo imposible para que lo mandaran a casa, pero por culpa de no sé qué complicación o malentendido acabaron enviándolo a Oxford. Para entonces empezaba a sentirse intranquilo, pues le parecía percibir cierta desesperación nerviosa en las cartas de Daisy, que no entendía por qué no regresaba con ella. Empezaba a sentir la presión del mundo exterior y quería verle y tenerle a su lado para asegurarse de que, al fin y al cabo, estaba haciendo lo correcto.

Y es que Daisy era joven y su mundo artificial estaba aromado de orquídeas, amables esnobismos y orquestas que marcaban el ritmo del año y resumían con nuevas melodías la evocadora tristeza de la vida. Los saxofones gemían toda la noche el desesperado comentario de *Beale Street Blues* mientras cien pares de zapatillas doradas y plateadas levantaban un polvo radiante. A la grisácea hora del té siempre había habitaciones que palpitaban incesantemente con esa fiebre leve y dulce, mientras caras nuevas iban de aquí para allá como pétalos de rosa que el sonido de la orquesta arrastrara por la pista de baile.

Al empezar la temporada, Daisy volvió a verse sumida en aquel universo crepuscular; de pronto volvió a tener media docena de citas al día con media docena de pretendientes y a acostarse al amanecer con las lentejuelas y la gasa del vestido de noche enredadas con las orquídeas que yacían marchitas en el suelo junto a su cama. Y en todo ese tiempo algo en su interior le pedía que tomara una decisión. Quería dar forma a su vida ya, cuanto antes, y debería tomar la decisión por algo —ya fuese amor, dinero o puro pragmatismo— que tuviese cerca.

Ese algo cobró forma humana a mediados de primavera con la llegada de Tom Buchanan. A Daisy le halagó lo encumbrado de su persona y de su posición social. Sin duda debió de producirse cierta vacilación y cierto alivio. Gatsby recibió la carta cuando todavía estaba en Oxford.

Amanecía en Long Island y nos dedicamos a abrir el resto de las ventanas del piso de abajo y a llenar la casa de luz, que se tornaba grisácea y luego dorada. La sombra de un árbol se extendió de pronto sobre el rocío y pájaros invisibles empezaron a cantar entre las hojas azules. Se movía un poco de aire que apenas merecía el nombre de brisa pero auguraba un día fresco y agradable.

—No creo que le haya querido nunca. —Gatsby se apartó de una ventana y me miró desafiante—. Tenga presente, socio, que la otra tarde estaba muy agitada. Él le dijo todas esas cosas con intención de intimidarla y hacerme quedar como una especie de timador de tres al cuarto. Y, claro, la pobre apenas sabía lo que se decía. —Se sentó con gesto abatido—. Por supuesto, también es posible que lo haya querido, aunque fuese solo un minuto, y que incluso entonces me quisiera más a mí, ¿entiende? —Sin venir a cuento, añadió un curioso comentario—: En cualquier caso fue algo puramente personal.

¿Cómo interpretar eso sin sospechar que Gatsby veía aquello con un apasionamiento desmedido?

Regresó de Francia cuando Tom y Daisy todavía estaban de viaje de novios, y emprendió un penoso pero inevitable periplo hasta Louisville con lo poco que le quedaba de la paga del ejército. Se quedó allí una semana, recorrió las calles donde habían resonado sus pasos aquellas noches de noviembre y visitó una vez más los lugares apartados que habían frecuentado con el automóvil blanco de Daisy. Del mismo modo que la casa de la joven siempre le había parecido mucho más misteriosa y alegre que las demás, la ciudad, incluso ahora que ella no estaba, le pareció impregnada de una belleza melancólica.

Se fue con la sensación de estar abandonándola y

con el convencimiento de que, de haberla buscado con más tesón, la habría encontrado. En el vagón de tercera —para entonces ya no le quedaba ni un céntimo— hacía calor, así que salió al vagón descubierto, se sentó en una silla plegable y vio alejarse la estación y las fachadas traseras de los edificios. Luego se internaron en los campos primaverales, donde los persiguió unos minutos un autobús amarillo, cuyos ocupantes quizá hubiesen contemplado alguna vez la pálida magia del rostro de Daisy en una calle cualquiera.

La vía del ferrocarril describió una curva y empezó a alejarse del sol que, en su descenso, parecía extender una bendición sobre la cada vez más lejana ciudad cuyo aire ella había respirado. Extendió la mano con un gesto desesperado como para atrapar una brizna de aire y conservar así un pequeño fragmento del lugar que gracias a ella le había parecido tan encantador. Pero todo iba demasiado deprisa para sus ojos empañados y comprendió que había perdido para siempre la parte mejor y más lozana de su vida.

Cuando terminamos de desayunar y salimos al porche eran las nueve en punto. Esa noche, el tiempo había cambiado y flotaba en el aire un aroma otoñal. El jardinero, el último de los antiguos criados de Gatsby, se acercó al pie de las escaleras.

—Voy a vaciar la piscina, señor Gatsby. Pronto empezarán a caer las hojas y luego siempre hay problemas con las tuberías.

—Mejor déjelo para otro día —respondió Gatsby. Se volvió hacia mí con gesto de disculpa—. ¿Sabía, socio, que no he utilizado esa piscina en todo el verano?

Miré el reloj y me puse en pie.

—Mi tren sale dentro de doce minutos.

No quería ir a la ciudad. No habría podido concentrarme lo bastante para trabajar, pero había algo más: no quería dejar a Gatsby. Perdí ese tren, y luego otro, antes de marcharme.

—Le llamaré —dije por fin.

—Hágalo, socio.

—Le telefonearé a mediodía.

Bajamos despacio las escaleras.

—Imagino que Daisy también me telefoneará. —Me miró angustiado como esperando que yo se lo confirmara.

—Supongo que sí.

—En fin..., adiós.

Nos dimos la mano y me marché. Justo antes de llegar al seto, recordé algo y di media vuelta:

—No son más que gentuza —grité desde el otro lado del césped—. Vale usted más que todos ellos juntos.

Siempre me he alegrado de haberlo hecho. Fue el único cumplido que le hice jamás, porque desaprobaba su conducta de principio a fin. Al principio asintió educadamente, luego su rostro se iluminó con una de aquellas sonrisas radiantes y comprensivas, como si ambos lo hubiésemos sabido todo el tiempo. Sus magníficos harapos de color rosa contrastaban contra los blancos escalones, y recordé la noche en que había visitado por primera vez su mansión solariega tres meses antes. El césped y el camino de entrada estaban abarrotados de rostros de gente que lo tenía por un corrupto y él se había plantado en aquellas mismas escaleras, ocultándoles su sueño incorruptible mientras los saludaba con la mano.

Le agradecí su hospitalidad. Tanto yo como los demás estábamos siempre dándole las gracias.

—Adiós —le dije—. He disfrutado del desayuno, Gatsby.

Una vez en la ciudad, me esforcé en anotar las cotizaciones de una cantidad interminable de valores hasta que me quedé dormido en mi silla giratoria.

Justo antes de mediodía sonó el teléfono y desperté con un respingo y la frente perlada de sudor. Era Jordan Baker: a menudo me llamaba a esa hora porque la incertidumbre de sus movimientos entre hoteles, clubes y domicilios particulares hacía muy difícil localizarla de otro modo. Por lo general su voz sonaba fresca y relajada al otro extremo del hilo telefónico, como un terrón de césped que entrara volando por la ventana desde el campo de golf, pero esa mañana me pareció áspera y seca.

—Me he ido de casa de Daisy —dijo—. Ahora estoy en Hempstead y esta tarde iré a Southampton. —Probablemente fuese lo más diplomático, pero no me gustó y su siguiente observación terminó de sacarme de quicio—. Anoche no estuviste muy amable.

—¿Y qué importa eso en un momento semejante?

Se hizo un momento de silencio. Luego:

—En cualquier caso, quiero verte.

—Yo también quiero verte a ti.

—¿Y si no fuese a Southampton y pasara por la ciudad esta tarde?

—No..., esta tarde no.

—Muy bien.

—Me es imposible. Tengo varios...

Seguimos así un rato y de pronto dejamos de hablar. No sé quién colgó bruscamente el teléfono, pero recuerdo que me trajo sin cuidado. No habría podido hablar con ella sentado ante una mesa de té, ni aunque eso supusiera que no volviera a dirigirme nunca la palabra.

Llamé a casa de Gatsby unos minutos después, pero estaba comunicando. Lo intenté cuatro veces, por fin una crispada telefonista me dijo que la línea estaba ocupada por una llamada a larga distancia de Detroit. Saqué mi horario de trenes y tracé un pequeño círculo en torno al tren de las tres cincuenta. Luego me recosté en mi silla y traté de pensar. Eran justo las doce del mediodía.

Antes de pasar junto a los montones de ceniza, aquella mañana me senté al otro lado del vagón. Di por supuesto que habría un montón de curiosos todo el día, niños buscando manchas de sangre en el polvo y algún individuo parlanchín explicando una y otra vez lo sucedido hasta que fuese cada vez menos real incluso para él mismo y ya no pudiera seguir contándolo, y el trágico logro de Myrtle Wilson cayera en el olvido. Ahora quisiera retroceder un poco y contar lo que ocurrió en el garaje poco después de que nos marcháramos la noche anterior.

Les costó mucho dar con la hermana, Catherine. Esa noche debía de haberse saltado su norma de no beber, porque cuando llegó estaba atontada por el alcohol y no lograba entender que la ambulancia se había ido ya a Flushing. Cuando consiguieron hacérselo comprender, se desmayó como si esa fuese la parte más horrible de todo. Alguien, tal vez por amabilidad o movido por la curiosidad, la metió en su coche y la llevó tras la estela del cadáver de su hermana.

Hasta bien pasada la medianoche, una cambiante marea humana estuvo estrellándose contra la fachada del garaje, mientras George Wilson se mecía adelante y atrás en el sofá. Durante un rato dejaron la puerta del despacho abierta y todos los que pasaban por allí cedían a la tentación de echar un vistazo al interior. Por fin, alguien dijo que era una vergüenza y cerró la puerta. Michaelis y algunos más estuvieron con él: primero cuatro o cinco, luego dos o tres. Más tarde, Michaelis tuvo que pedirle al último desconocido que esperara otros quince minutos mientras él iba a su restaurante a preparar un poco de café. Después se quedó a solas con Wilson hasta el amanecer.

A eso de las tres en punto los incoherentes balbuceos de Wilson cambiaron, dio la impresión de estar tranquilizándose y empezó a hablar del automóvil amarillo. Anunció que sabía el modo de averiguar a quién pertenecía, y luego añadió que un par de meses atrás su mujer había llegado de la ciudad con moratones en la cara y la nariz hinchada.

Pero, al oír sus propias palabras, hizo una mueca y volvió a gimotear: «¡Oh, Dios mío!» con voz quejosa. Michaelis hizo un torpe intento de distraerlo.

—¿Cuánto tiempo llevabais casados, George?

—Doce años.

—¿No habéis tenido hijos? Vamos, George, estate quieto... te he hecho una pregunta. ¿No habéis tenido hijos?

Los escarabajos marrones seguían golpeándose contra la luz y cada vez que Michaelis oía un coche que pasaba por la carretera tenía la sensación de que era el mismo que no había parado unas horas antes. No quería entrar en el garaje porque la mesa del taller donde había estado el cadáver estaba manchada de sangre, así que estuvo dando vueltas incómodo por el despacho —antes de que amaneciera llegó a familiarizarse con todos los objetos que había allí— y de vez en cuando se sentaba junto a Wilson y trataba de tranquilizarlo.

—¿Nunca vas a la iglesia, George? ¿Aunque sea hace mucho tiempo? Si quieres, puedo telefonearles y pedirles que envíen un sacerdote a hablar contigo.

—No pertenezco a ninguna.

—Pues deberías, George, para situaciones así. Alguna vez tienes que haber ido. ¿No te casaste en una iglesia? Escucha, George, escucha. ¿No te casaste en una iglesia?

—Eso fue hace mucho tiempo.

El esfuerzo de responder interrumpió el ritmo de su balanceo..., guardó silencio un instante. Luego, en sus ojos empañados en lágrimas volvió a verse el mismo brillo entre astuto y desconcertado que antes.

—Mira en ese cajón de ahí —dijo, señalando el escritorio.

—¿En cuál?

—En ese... ese de ahí.

Michaelis abrió el cajón que tenía más a mano. Tan solo contenía una pequeña correa de perro hecha de cuero e hilo de plata que parecía muy cara. Tenía pinta de ser nueva.

—¿Esto? —preguntó sujetándola.

Wilson la miró fijamente y asintió.

—La encontré ayer por la tarde. Ella trató de explicármelo, pero enseguida noté que había algo raro.

—¿Quieres decir que la compró tu mujer?

—La tenía envuelta en papel de seda en su escritorio.

A Michaelis no le pareció que tuviese nada de raro y le dio una docena de razones por las que su mujer podría haber comprado la correa de perro. Pero es posible que Wilson hubiese oído alguna de esas explicaciones a la propia Myrtle, porque volvió a decir: «¡Oh, Dios mío!» con un susurro y el otro optó por callarse.

—Y luego la mató —dijo Wilson quedándose boquiabierto de pronto.

—¿Quién?

—Sé cómo averiguarlo.

—Eso no es sano, George —dijo su amigo—. Estás sometido a mucha tensión y no sabes lo que dices. Será mejor que intentes tranquilizarte hasta que amanezca.

—La asesinó.

—Ha sido un accidente, George.

Wilson negó con la cabeza. Entornó los ojos y abrió un poco la boca para exclamar «¡Hmm!» con aire de superioridad.

—Sé lo que estoy diciendo —dijo muy convencido—. Siempre he sido una persona confiada que no le desea ningún mal a nadie, pero cuando sé algo lo sé. Fue el tipo que conducía ese coche. Myrtle salió corriendo para hablar con él y ni siquiera paró.

Michaelis también había presenciado la escena pero no le había concedido mayor importancia. Había pensado que la señora Wilson estaba huyendo de su marido y no que intentara detener a un automóvil concreto.

—¿Cómo podría hacerte algo así?

—Era muy astuta —dijo Wilson, como si eso respondiera a la pregunta—. ¡Aaayy!

Volvió a mecerse adelante y atrás y Michaelis se quedó allí plantado retorciendo la correa entre las manos.

—¿No tienes ningún amigo a quien quieras que llame por teléfono, George?

Era una esperanza muy remota, Michaelis estaba casi convencido de que Wilson no tenía amigos: no vivía más que para su mujer. Luego se alegró un poco al notar cierto cambio en la habitación, reparó en la claridad azulada que entraba por una rendija en la ventana y comprendió que no tardaría en amanecer. A eso de las cinco había clareado lo suficiente para poder apagar la luz.

Los ojos vidriosos de Wilson se volvieron hacia los montones de cenizas, donde unas nubecillas grises adoptaban formas absurdas y pasaban a toda prisa empujadas por el viento del alba.

—Hablé con ella —murmuró tras un largo silencio—. Le dije que podía engañarme a mí, pero que no podría engañar a Dios. La llevé a la ventana —se levantó con esfuerzo, fue a la ventana trasera y apoyó la cara contra el cristal— y le dije «Dios sabe lo que has hecho. ¡Podrás engañarme a mí, pero no a Dios!». —Detrás de él, Michaelis vio con desmayo que estaba mirando a los ojos del doctor T. J. Eckleburg, que acababan de aparecer borrosos y gigantescos al disiparse la noche—. ¡Dios lo ve todo! —repitió Wilson.

—Eso no es más que una valla publicitaria —le aseguró Michaelis. Algo le impulsó a apartarse de la ventana y volver la vista hacia la habitación. Sin embargo, Wilson se quedó allí un buen rato, con la cara apoyada en el cristal de la ventana, asintiendo en el crepúsculo.

A las seis en punto Michaelis estaba agotado y le alegró oír un coche que aparcaba fuera. Era uno de los que habían estado allí la noche anterior que había prometido volver, así que preparó un desayuno para tres que comieron él y el otro hombre. Wilson parecía más tranquilo y Michaelis volvió a su casa a dormir; cuando despertó cuatro horas después y regresó al garaje, Wilson se había ido.

Después pudieron seguir sus pasos —fue a pie todo el tiempo— hasta Port Roosevelt y Gad's Hill, donde compró un bocadillo que no llegó a comerse y una taza de café. Debía de estar cansado y andar muy despacio porque no llegó a Gad's Hill hasta las doce de mediodía. Hasta ese momento fue fácil reconstruir sus movimientos —unos chicos habían visto a un hombre «que se comportaba como si estuviera loco» y varios automovilistas declararon que los había observado con una expresión extraña desde la cuneta. Luego su rastro se desvaneció por espacio de tres horas. La policía, basándose en lo que le había dicho a Michaelis de que sabía «cómo averiguarlo», supuso que debía de haber pasado ese tiempo recorriendo los garajes y talleres mecánicos de la zona preguntando por un coche amarillo. No obstante, ningún propietario de garaje se presentó a declarar, por lo que es posible que encontrase algún modo más fácil y fiable de averiguar lo que quería saber. A las dos y media se encontraba en West Egg y preguntó a alguien cómo se iba a casa de Gatsby. De manera que a esa hora ya sabía cómo se llamaba.

A las dos en punto Gatsby se puso el traje de baño y advirtió al mayordomo de que si alguien telefoneaba fuesen a buscarle a la piscina. Pasó por el garaje a buscar un colchón neumático que había hecho las delicias de sus invitados durante el verano y el chófer le ayudó a hincharlo. Luego dio instrucciones de que no sacaran el descapotable bajo ninguna circunstancia, cosa rara porque el guardabarros delantero necesitaba una reparación.

Gatsby se echó el colchón al hombro y se dirigió a la piscina. Se detuvo para colocárselo mejor y el chófer le preguntó si necesitaba ayuda, pero él negó con la cabeza y al cabo de un momento desapareció entre los árboles de hoja amarillenta.

Nadie telefoneó, pero el mayordomo renunció a su siesta y esperó hasta las cuatro —cuando ya nadie habría podido atender la llamada de haberse producido—. Tengo la impresión de que el propio Gatsby tampoco esperaba que le llamaran y es probable que ya no le importara. De ser así, debió de sentir que había perdido su mundo cálido y acogedor y que había pagado un precio muy alto por vivir demasiado tiempo consagrado a un único sueño. Debió de contemplar el cielo desconocido entre las hojas amenazadoras y sentir un estremecimiento al comprender lo grotescas que resultan las rosas y la crudeza con que el sol ilumina los brotes recientes de hierba. Un mundo nuevo, material pero sin llegar a ser real, en el que unos fantasmas desdichados respiraban sueños en lugar de aire e iban azarosamente de aquí para allá... como esa figura cenicienta y absurda que avanzaba hacia él entre los árboles amorfos.

El chófer —uno de los protegidos de Wolfshiem— oyó los disparos; después diría que no les atribuyó mayor importancia. Yo fui directo de la estación a casa de

Gatsby y mis pasos apresurados en las escaleras de la entrada fueron lo primero que alarmó a todo el mundo. Aunque estoy convencido de que ya lo sabían. Sin apenas cruzar palabra, los cuatro —el chófer, el mayordomo, el jardinero y yo— corrimos a la piscina.

El agua se movía de forma leve y apenas perceptible desde el chorro que salía por un extremo hasta el desagüe que había en el otro. El colchón flotaba con su carga junto al borde de la piscina formando unas ondas que parecían olas en miniatura. Una ligera brisa que apenas bastaba para agitar la superficie del agua lo había desviado de su curso imprevisible junto con su carga no menos imprevista. El roce con un grupo de hojas lo había hecho girar muy despacio y había descrito, como con el brazo de un compás, un tenue círculo rojo en el agua.

Luego, mientras trasladábamos a Gatsby a la casa, el jardinero encontró el cadáver de Wilson en el césped y así terminó de completarse el holocausto.

Capítulo 9

Transcurridos estos dos años, solo recuerdo el resto de aquel día y aquella noche y el día siguiente como un incesante desfile de policías, fotógrafos y periodistas que entraban y salían por la puerta principal de la mansión de Gatsby. Habían colocado una cuerda en la verja de entrada y un policía se encargaba de impedir el paso a los curiosos, pero los chiquillos no tardaron en descubrir que podían entrar por el jardín de mi casa y siempre había algunos boquiabiertos junto a la piscina. Alguien, tal vez un detective, usó con mucho convencimiento la palabra *loco* al agacharse para examinar el cadáver de Wilson esa tarde, y la inesperada autoridad de su voz dio el tono para los artículos periodísticos de la mañana siguiente.

La mayoría fueron una pesadilla: grotescos, incidentales, desagradables y falsos. Cuando el testimonio de Michaelis sacó a relucir en la investigación las sospechas de Wilson sobre su mujer, pensé que no tardarían servirnos toda la historia en forma de sátiras rijosas, pero Catherine, que podría haber dicho cualquier cosa, no dijo nada. También demostró tener un carácter sorprendentemente fuerte: miró al juez instructor con gesto decidido por debajo de las cejas rectificadas y juró que su hermana jamás había visto a Gatsby, que era muy feliz con su marido y que jamás había engañado a nadie. Se convenció a sí misma de lo que decía y se secó las lágrimas con el pañuelo como si la mera sugerencia de lo contrario le resultase insoportable. Así que Wilson pasó a ser un hombre «desquiciado por el dolor» a fin de complicar lo menos posible el caso. Y ahí quedó la cosa.

Pero todo eso me parecía remoto y anecdótico. De pronto me vi en el bando de Gatsby, y descubrí que estaba solo. Desde el momento en que telefoneé al pueblo de West Egg para informar de la catástrofe, todas las preguntas y conjeturas sobre Gatsby recayeron sobre mí. Al principio me sorprendió y confundió un poco; luego, a medida que fueron pasando las horas y él yacía en su casa sin moverse, sin respirar y sin hablar comprendí que la responsabilidad era mía porque nadie más estaba interesado..., y me refiero a ese interés personal al que en cierto modo todo el mundo tiene derecho al final de su vida.

Telefoneé a Daisy media hora después de encontrarlo, la llamé por instinto y sin dudarlo. Pero ella y Tom se habían ido a primera hora de la tarde y se habían llevado equipaje.

—¿No han dejado ninguna dirección?

—No.

—¿Sabe dónde están? ¿Cómo podría encontrarlos?

—No. No sabría decirle.

Quería llevarle a alguien. Quería entrar en la habitación donde yacía y tranquilizarlo: «Encontraré a alguien, Gatsby. No se preocupe. Confíe en mí y encontraré a alguien que venga a verle...».

El nombre de Meyer Wolfshiem no figuraba en la guía telefónica. El mayordomo me dio la dirección de su oficina en Broadway y llamé a información, pero cuando conseguí el número eran más de las cinco y nadie respondió al teléfono.

—¿Le importaría volver a intentarlo?

—Lo he intentado tres veces.

—Es muy importante.

—Lo siento. Me temo que no hay nadie.

Volví al salón y por un instante pensé que todos aquellos funcionarios que lo habían llenado de pronto eran visitantes aunque fuesen casuales. Sin embargo, cuando levantaron la sábana y miraron a Gatsby con ojos indiferentes, me pareció oír sus quejas: «Oye, socio, tienes que traerme a alguien. Tienes que intentarlo. No puedo pasar por esto solo».

Alguien empezó a hacerme preguntas, pero me escabullí, subí al piso de arriba y registré a toda prisa los cajones de su escritorio que no estaban cerrados con llave; nunca me había dicho con claridad que sus padres hubiesen muerto. Pero no había nada..., solo la fotografía de Dan Cody, una muestra de violencia olvidada, me miraba fijamente desde la pared.

A la mañana siguiente envié al mayordomo a Nueva York con una carta para Wolfshiem en la que le pedía información y le instaba a acudir a casa de Gatsby en el primer tren. La petición me pareció superflua cuando la escribí. Estaba seguro de que se pondría en camino en cuanto viera los periódicos, igual que lo estaba de que Daisy enviaría un telegrama antes de mediodía, pero no llegaron ni el telegrama ni el señor Wolfshiem, solo más policías, más fotógrafos y más periodistas. Cuando el mayordomo volvió con la respuesta de Wolfshiem empecé a sentir cierta rabia y una desdeñosa solidaridad entre Gatsby y yo contra todos los demás.

> Querido señor Carraway: Este ha sido uno de los golpes más terribles de mi vida, apenas logro convencerme de que es cierto. Un acto de locura como el cometido por ese hombre debería darnos mucho que pensar, no puedo ir porque estoy ocupado con ciertos negocios de mucha importancia y no puedo mezclarme con eso ahora. Si hay algo que pueda hacer más adelante indíquemelo por carta a través de Edgar. No sé qué decir ante una cosa así, estoy destrozado.
>
> Un atento saludo,
>
> MEYER WOLFSHIEM

Debajo había añadido apresuradamente:

> Infórmeme de los detalles del funeral y demás, no conozco de nada a su familia.

Cuando esa tarde sonó el teléfono y la operadora me informó de que se trataba de una llamada de Chicago, pensé que sería Daisy por fin. Pero en lugar de eso oí una voz de hombre muy débil y lejana.

—Al habla Slagle...

—¿Sí? —El nombre no me era familiar.

—Menuda nota, ¿eh? ¿Ha recibido mi telegrama?

—No ha llegado ningún telegrama.

—El joven Parker tiene problemas —dijo apresuradamente—. Lo pescaron cuando estaba entregando los bonos bajo mano. Recibieron una circular de Nueva

York con los números justo cinco minutos antes. ¿Qué sabe de eso? ¿Eh? En estas ciudades de mala muerte nunca se sabe...

—¡Oiga! —le interrumpí casi sin aliento—. Escuche... no soy el señor Gatsby. El señor Gatsby ha muerto.

Se produjo un largo silencio al otro lado del hilo telefónico, seguido de una exclamación... luego se oyó un grito entrecortado y se interrumpió la llamada.

Creo que fue el tercer día cuando llegó de no sé qué ciudad de Minnesota un telegrama firmado Henry C. Gatz. Decía solo que el remitente partiría de inmediato y que pospusieran el funeral hasta su llegada.

Era del padre de Gatsby, un anciano solemne muy afligido e indefenso que iba envuelto en un abrigo barato para protegerse del caluroso día de septiembre. Los ojos le lloraban sin cesar por la emoción y, cuando le ayudé con la maleta y el paraguas, empezó a mesarse la barba rala y canosa y me costó trabajo convencerlo de que se quitara el abrigo. Estaba a punto de desmayarse, así que lo subí a la sala de música, le hice tomar asiento y pedí que nos llevaran un poco de comida. Pero no quiso probar bocado y la mano le temblaba tanto que se le derramó la leche del vaso.

—Lo vi en el periódico de Chicago —dijo—. Estaba todo en el periódico. He venido enseguida.

—No sabía cómo localizarlo.

Sus ojos iban y venían por la habitación sin ver nada.

—Fue un loco —dijo—. Tenía que estar loco.

—¿No quiere un poco de café? —insistí.

—No quiero nada. Ya estoy mejor, señor...

—Carraway.

—Ya estoy mejor. ¿Dónde han puesto a Jimmy?

Lo llevé al salón donde yacía su hijo y lo dejé allí. Unos chiquillos habían subido las escaleras de la entrada y se habían asomado al vestíbulo; cuando les dije quién había llegado se fueron de mala gana.

Al cabo de un rato, el señor Gatz abrió la puerta y salió con la boca abierta, el rostro levemente congestionado y alguna que otra lágrima aislada e impuntual en los ojos. Había alcanzado una edad en que la muerte ya no supone una horrenda sorpresa, y cuando miró a su alrededor por primera vez y vio la altura y el esplendor del vestíbulo y los amplios salones que daban a otros salones, su pesar empezó a mezclarse con un orgullo reverencial. Le ayudé a subir a su dormitorio y mientras se quitaba la chaqueta y el chaleco le expliqué que se habían pospuesto todos los preparativos hasta su llegada.

—No sabía lo que querría usted hacer, señor Gatsby...

—Me llamo Gatz.

—... señor Gatz. Pensé que tal vez querría llevárselo al Oeste.

Movió la cabeza.

—A Jimmy siempre le gustó más el Este. Aquí fue donde alcanzó su posición. ¿Era usted amigo de mi chico, señor...?

—Éramos íntimos.

—Tenía un gran futuro por delante. Era joven, pero tenía mucha cabeza. —Se tocó la sien con un gesto impresionante y asintió—. Si hubiese vivido más tiempo habría sido un gran hombre. Igual que James J. Hill. Habría ayudado a construir el país.

—Cierto —respondí incómodo.

Tiró del cobertor bordado tratando de quitarlo de la cama, se tumbó muy rígido y se quedó dormido al instante.

Esa noche telefoneó una persona evidentemente asustada e insistió en saber quién era yo antes de dar su nombre.

—Soy el señor Carraway —dije.

—¡Ah! —la voz pareció aliviada—. Soy Klipspringer.

Yo también sentí alivio porque me pareció la promesa de otro amigo junto a la tumba de Gatsby. No quería publicarlo en el periódico para no atraer una multitud de curiosos y me había dedicado a telefonear a algunas personas. Me había resultado difícil dar con ellas.

—El funeral es mañana —dije—. A las tres en punto en su casa. Le agradecería que se lo comunicara a quien pudiera estar interesado.

—¡Oh, sí! —soltó atropelladamente—. No es probable que vea a nadie, pero si me encuentro con alguien se lo diré.

Su tono de voz despertó mi suspicacia.

—Porque usted vendrá, claro...

—Desde luego, haré lo que pueda. En realidad llamaba para...

—Un momento —le interrumpí—. ¿Por qué no me confirma antes que vendrá?

—Bueno, el caso es que... lo cierto es que me alojo con unos amigos, aquí en Greenwich, y mañana cuentan conmigo. De hecho creo que tienen planeada una excursión o algo parecido. Pero haré todo lo que pueda por escabullirme... —No pude contener un «¡bah!»

desconfiado y él debió de oírme porque prosiguió en tono nervioso—: En realidad llamaba por unas zapatillas que me he dejado olvidadas. Quisiera saber si sería mucha molestia pedirle al mayordomo que me las envíe. Verá, son mis zapatillas de tenis y sin ellas estoy vendido. Envíelas a la atención de B. F...

No oí el resto del nombre porque colgué el auricular.

Después, sentí cierta vergüenza por Gatsby: uno de los caballeros a quienes telefoneé insinuó que se tenía merecido lo ocurrido. No obstante, la culpa fue mía, pues era uno de los que más lo criticaban cuando se emborrachaba con las bebidas de Gatsby. Si hubiese tenido más sentido común no le habría telefoneado.

La mañana del funeral fui a Nueva York a ver a Meyer Wolfshiem; al parecer era la única manera de dar con él. Siguiendo las indicaciones del ascensorista, abrí una puerta con un letrero que decía «Compañía de Valores Esvástica» y al principio pensé que no había nadie dentro. Pero después de gritar varias veces en vano «¡Hola!», oí discutir a alguien detrás de una mampara y apareció por una puerta interior una chica judía muy guapa que me miró con ojos negros y hostiles.

—No hay nadie —dijo—. El señor Wolfshiem se ha ido a Chicago.

Era evidente que lo primero era falso porque dentro alguien había empezado a silbar *The Rosary* sin demasiada afinación.

—Haga el favor de decirle que el señor Carraway quiere verle.

—No querrá que vaya a Chicago a buscarle, ¿no?

—En ese momento, la voz inconfundible de Wolfshiem gritó «¡Stella!» desde el otro lado de la puerta—. Deje su nombre sobre la mesa —dijo atropelladamente—. Se lo daré cuando vuelva.

—Pero si sé que está ahí dentro.

Dio un paso hacia mí y empezó a deslizar indignada las manos arriba y abajo por las caderas.

—Ustedes los jóvenes creen que pueden entrar aquí por las buenas siempre que les viene en gana —me riñó—. Y ya empezamos a estar hasta las narices. Si le digo que está en Chicago es que está en Chicago. —Le di el nombre de Gatsby—. ¡Ah! —Volvió a mirarme de arriba abajo—. ¿Quiere usted...? ¿Cómo ha dicho que se llama?

Salió del despacho. Al cabo de un instante Meyer Wolfshiem apareció solemnemente en el umbral con las manos tendidas. Me arrastró hacia su despacho mientras señalaba en tono reverente que era un momento muy triste para todos y me ofreció un puro.

—Recuerdo cuando lo conocí —dijo—. Un joven comandante, recién licenciado con la pechera cubierta de medallas. Estaba tan apurado de dinero que seguía llevando el uniforme porque no tenía ni para comprar ropa de paisano. La primera vez que lo vi fue cuando entró en el salón de billar de Winebrenner, en la calle Cuarenta y tres, a buscar trabajo. No había comido nada desde hacía días. «Venga a comer conmigo», le dije. En media hora engulló más de cuatro dólares en comida.

—¿Le ayudó usted a iniciarse en los negocios? —pregunté.

—¡Ayudarle! Yo lo convertí en quien era.

—¡Ah!

—Lo saqué de la nada, directamente del arroyo. Enseguida me di cuenta de que era un joven apuesto y caballeroso y cuando me dijo que había estudiado en Oxford supe que podría sacarle provecho. Le animé a alistarse en la Legión Americana y siempre fue muy respetado allí. Muy pronto hizo un trabajo para un cliente mío de Albany. Éramos uña y carne —juntó dos dedos bulbosos—, siempre estábamos juntos.

Me habría gustado saber si eso incluía también el apaño de la serie mundial de béisbol en 1919.

—Ha muerto —dije al cabo de un momento—. Usted era su mejor amigo..., sin duda querrá asistir esta tarde a su funeral.

—No sabe lo mucho que me gustaría.

—Pues vaya usted.

Los pelos de las ventanas de su nariz temblaron levemente cuando movió la cabeza con los ojos inundados de lágrimas.

—No puedo... no puedo mezclarme en eso —dijo.

—Ya no hay nada en lo que mezclarse. Todo ha terminado.

—Cuando matan a alguien siempre procuro no involucrarme. Me quedo al margen. De joven era diferente: si uno de mis amigos moría, fuese cual fuese el modo, me quedaba a su lado hasta el final. Pensará usted que soy un sentimental, pero lo digo como lo siento: hasta el final por muy amargo que me resultara.

Comprendí que por alguna razón personal estaba decidido a no asistir, así que me puse en pie.

—¿Es usted universitario? —preguntó de pronto. Por un momento pensé que iba a ofrecerme uno de sus contactos pero se limitó a asentir y estrecharme la mano—. Deberíamos demostrar nuestra amistad con los vivos —observó—. Después, tengo por norma no involucrarme.

Cuando salí de su despacho el cielo se había puesto gris y volví a West Egg en mitad de una llovizna. Después de cambiarme de ropa fui a la casa de al lado y encontré al señor Gatz yendo de aquí para allá en el vestíbulo. El orgullo que sentía por su hijo y por las posesiones de su hijo no había dejado de crecer y ahora tenía algo que mostrarme.

—Jimmy me envió esta fotografía. —Sacó la cartera con dedos temblorosos—. Mire. —Era una fotografía de la casa, agrietada por las esquinas y muy manoseada. Señaló con entusiasmo todos los detalles—. ¡Mire! —Y escrutó mis ojos en busca de admiración. La había enseñado tantas veces que no me cabe duda de que le parecía más real que la propia mansión—. Me la envió Jimmy. Creo que es muy buena. Ha salido muy bien.

—Sí. ¿Hacía mucho que no se veían?

—Vino a verme hace dos años y me compró la casa donde vivo ahora. Por supuesto, cuando se marchó nos distanciamos un poco, pero ahora comprendo que había una razón. Él era consciente de que tenía un gran futuro por delante. Y, desde que triunfó en los negocios, fue siempre muy generoso conmigo. —Se resistía a guardar la fotografía y la sostuvo otro minuto más ante mis ojos. Luego volvió a meterla en la cartera y sacó del bolsillo un ejemplar muy estropeado de un libro titulado *Hopalong Cassidy*—. Mire, este libro es de cuando era pequeño. Ahora verá.

Lo abrió por la contracubierta y le dio la vuelta para enseñármelo. En la última hoja de cortesía estaba escrita la palabra HORARIO y la fecha 12 de septiembre de 1906. Y debajo:

Levantarme..	6.00	A. M.
Hacer ejercicios con pesas y escalada ..	6.15-6.30	»
Estudiar electricidad, etc.	7.15-8.15	»
Trabajar	8.30-4.30	P. M.
Béisbol y deporte	4.30-5.00	»
Ensayar declamación, elegancia y cómo conseguirla	5.00-6.00	»
Estudiar inventos necesarios	7.00-9.00	»

PROPÓSITOS GENERALES

No perder el tiempo en Shafters o [un nombre, indescifrable]
Dejar de fumar y de mascar chicle
Bañarme cada dos días
Leer un libro educativo o una revista por semana
Ahorrar 5 $ [tachado] 3 $ por semana
Tratar mejor a mis padres

Encontré este libro por casualidad —dijo el viejo—. Lo retrata muy bien, ¿no cree?

—Desde luego.

—Jimmy estaba destinado a triunfar. Siempre estaba haciéndose propósitos como estos o parecidos. ¿Ha visto cómo quería cultivarse? Siempre se le dio muy bien. Una vez me reprochó que comía como un cerdo y le di una paliza.

No quería cerrar el libro y leyó cada propósito en voz alta y me miró entusiasmado. Creo que esperaba que tomara nota para mi uso personal.

Poco antes de las tres llegó un sacerdote luterano de Flushing y empecé a mirar casi sin querer por la ventana para ver si llegaban otros coches. Lo mismo hizo el padre de Gatsby. A medida que fue pasando el tiempo y los criados entraron y se quedaron esperando en el vestíbulo, empezó a pestañear con inquietud y se puso a hablar de la lluvia con un vago aire de preocupación. El sacerdote miró varias veces el reloj, hasta que lo llevé a un lado y le pedí que esperara media hora más. Pero fue inútil. No llegó nadie.

A eso de las cinco, los tres coches llegaron en comitiva al cementerio y se detuvieron bajo una copiosa llovizna junto a la puerta; primero el coche fúnebre, horriblemente negro y mojado; luego el señor Gatz, el sacerdote y yo en la limusina, y poco después, la furgoneta de Gatsby con cuatro o cinco criados y el cartero de West Egg calados hasta los huesos. Al pasar junto a la verja del cementerio oí detenerse un coche y luego el ruido de alguien que nos seguía chapoteando en el suelo empapado. Me volví. Era el hombre de las gafas de búho a quien había encontrado en la biblioteca una noche tres meses atrás, maravillado por los libros de Gatsby.

No había vuelto a verlo desde entonces. Ignoro cómo se enteró de lo del funeral e incluso su nombre. El agua corría por los gruesos cristales de sus gafas y se las quitó para secarlas y ver cómo desenrollaban la lona protectora de la tumba.

Traté de pensar en Gatsby un momento, pero todo quedaba demasiado lejos y tan solo pude recordar, sin resentimiento, que Daisy no había enviado ni un mensaje ni una flor. Oí que alguien murmuraba: «Bienaventurados los muertos sobre los que cae la lluvia» y que el hombre de los ojos de búho respondía: «Amén» con voz decidida.

Volvimos a los coches bajo la lluvia. Ojos de Búho me habló al llegar a la verja.

—No pude ir a la casa —observó.

—Ni usted ni nadie.

—¡Qué me dice! —exclamó dando un respingo—. ¡Dios mío!, pero si iban a cientos. —Se quitó las gafas y volvió a secárselas—. Pobre desgraciado —dijo.

Uno de mis recuerdos más vívidos es el de cuando regresaba al Oeste, primero del instituto y luego de la universidad, al llegar las Navidades. Los que iban más allá de Chicago se reunían en la vieja y oscura estación Union a las seis en punto de la tarde de un día de diciembre con unos cuantos amigos de Chicago que ya estaban de vacaciones e iban a despedirse de ellos. Recuerdo los abrigos de pieles de las chicas que volvían de la academia de la señorita tal o la señorita cual, las conversaciones con el aliento gélido, las manos que saludaban por encima de la gente cuando veíamos a algún conocido, el cruce de invitaciones: «¿Irás a la fiesta de los Ordway? ¿A la de los Hersey? ¿A la de los Schulz?», y los billetes verdes que apretábamos en las manos enguantadas. Y por último los sucios vagones amarillos de la línea férrea Chicago, Milwaukee & Saint Paul, tan alegres como la propia Navidad, detenidos en las vías junto a la puerta.

Cuando nos internábamos en la noche invernal, la verdadera nieve, nuestra nieve, empezaba a extenderse a los lados del tren y a centellear detrás de la ventanilla; atrás quedaban las tenues luces de las minúsculas estaciones de Wisconsin y el aire se tensaba con una energía salvaje y punzante. Al volver de cenar por los fríos pasillos, respirábamos profundamente y adquiríamos una inefable conciencia de nuestra identidad con aquella tierra, una hora antes de volver a fundirnos con ella.

Eso es para mí el Medio Oeste: no el trigo, ni las praderas o los pueblos fundados por suecos, sino los trenes llenos de vida en los que regresaba a casa en mi juventud y las farolas de la calle y las campanillas de los trineos y las sombras de las guirnaldas de acebo que se proyectaban en la nieve a través de las ventanas iluminadas. Formo parte de ese mundo, un poco solemne por la sensación que producen los largos inviernos, un tanto complaciente por crecer en casa de los Carraway, en una ciudad donde hace decenios que las casas se llaman por el nombre de sus dueños. Ahora comprendo que esta ha sido, al fin y al cabo, una historia del Oeste: Tom, Gatsby, Daisy, Jordan y yo procedíamos todos del Oeste, y tal vez compartiéramos alguna deficiencia que nos imposibilitara sutilmente para vivir en el Este.

Incluso cuando el Este me resultaba más emocionante, incluso cuando era más consciente de su superioridad sobre las ciudades aburridas, extendidas y abotargadas de más allá del Ohio, con sus interminables cotilleos de los que solo se libraban los niños y los ancianos, incluso entonces conservaba para mí cierta cualidad distorsionadora. En concreto, West Egg sigue apareciendo en mis sueños más descabellados. Lo veo como una escena nocturna de El Greco: un centenar de casas, al mismo tiempo grotescas y convencionales, apiñadas bajo un cielo plomizo y nublado y una luna sin brillo. En primer plano cuatro hombres muy serios con traje andan por la acera cargados con una camilla en la que yace una mujer borracha que lleva un vestido de fiesta. Su mano, que cuelga a un lado, reluce con el brillo frío de las joyas. Los hombres se detienen muy solemnes ante una casa equivocada. Nadie sabe cómo se llama la mujer y a nadie le importa.

Después de la muerte de Gatsby, el Este se convirtió para mí en un lugar hechizado, que mi imaginación distorsionaba sin remedio. Por eso, cuando se alzó en el aire el humo azulado de las hojas quebradizas y el viento empezó a dejar rígida la colada en los tendederos decidí volver a casa.

Antes de irme me faltaba una cosa por hacer, era desagradable y tal vez hubiese sido mejor olvidarlo. Sin embargo, preferí dejar las cosas claras y no confiar sin más en que el mar solícito e indiferente limpiara mi basura. Fui a ver a Jordan Baker y le hablé de lo ocurrido entre nosotros y de lo que me había sucedido después a mí; ella me escuchó totalmente inmóvil, sentada en una enorme butaca.

Llevaba ropa de golf y recuerdo que pensé que parecía sacada de una buena ilustración, con la barbilla leve y airosamente alzada, el cabello del color de las hojas en otoño, el rostro del mismo tono que el guante sin dedos que tenía sobre la rodilla. Cuando terminé me espetó sin más que estaba prometida con otro. No la creí, aunque había varios con los que podría haberse casado con solo hacer un gesto, pero fingí estar sorprendido. Por un minuto dudé si no estaría cometiendo un error, luego lo pensé dos veces y me levanté para despedirme.

—Aun así, me abandonaste —dijo Jordan de pronto—. Me abandonaste por teléfono. Ahora me trae totalmente sin cuidado, pero nunca me había pasado antes.

—Nos dimos la mano—. ¡Ah! ¿Y recuerdas —añadió— una conversación que tuvimos una vez sobre mi forma de conducir?

—Pues..., no muy bien.

—Dijiste que un mal conductor solo estaba a salvo mientras no se cruzara con otro mal conductor. Bueno, está claro que yo me lo encontré, ¿no crees? Quiero decir que fui muy imprudente al fiarme. Pensé que eras una persona recta y honrada. Creí que te enorgullecías en secreto de serlo.

—He cumplido los treinta —contesté—. Tengo cinco años más de la cuenta para mentirme a mí mismo y llamarlo honor.

No respondió. Enfadado, todavía en parte enamorado de ella y muy arrepentido, di media vuelta y me marché.

Una tarde a finales de octubre vi a Tom Buchanan. Iba delante de mí por la Quinta Avenida con sus andares vigilantes y agresivos, las manos un poco separadas del cuerpo, como para apartar a quien pudiera cruzarse en su camino, y la cabeza girando bruscamente de aquí para allá tratando de adaptarse a sus ojos inquietos. Justo cuando estaba aminorando el paso para no adelantarlo se detuvo y miró con el ceño fruncido el escaparate de una joyería. De pronto me vio y retrocedió tendiéndome la mano.

—¿Qué pasa, Nick? ¿Es que te da reparo estrecharme la mano?

—Sí. Ya sabes lo que opino de ti.

—Estás loco, Nick —respondió a toda prisa—. Más loco que un cencerro. No sé qué demonios te pasa.

—Tom —le pregunté—, ¿qué le dijiste a Wilson aquella tarde?

Me miró fijamente sin decir palabra y supe que había acertado en mi suposición sobre lo sucedido en aquellas tres horas. Hice ademán de seguir mi camino pero él me siguió y me cogió del brazo.

—Le conté la verdad —dijo—. Se presentó en casa poco antes de marcharnos y cuando mandé que le dijeran que no estábamos trató de abrirse paso por la fuerza. Estaba tan desquiciado que me habría matado si no le hubiese contado quién era el dueño del coche. No sacó la mano del bolsillo donde llevaba el revólver en todo el tiempo que estuvo en casa... —Se interrumpió con aire desafiante—. ¿Y qué más da si se lo dije? Hacía tiempo que ese tipo se estaba buscando lo que le ocurrió. A ti te engañó igual que a Daisy, pero era un pájaro de cuenta. Atropelló a Myrtle igual que a un perro y ni siquiera paró. —No había nada que yo pudiera decir, salvo el hecho inconfesable de que no era cierto—. Y si crees que yo no sufrí..., mira, cuando fui a saldar la deuda del alquiler del apartamento y vi esa maldita caja de galletas de perro encima del aparador me senté y me eché a llorar como un crío. Dios mío, fue horrible...

No pude perdonarle ni compadecerle, pero comprendí que en su opinión lo que había hecho estaba totalmente justificado. Todo era muy confuso e indiferente. Tom y Daisy eran así: destruían cosas y personas y luego se refugiaban en su dinero o en su insondable indiferencia o en lo que quiera que fuese que los mantenía unidos, y dejaban que otros arreglaran el daño que habían hecho...

Le estreché la mano: me pareció una tontería negarme, pues de pronto tuve la sensación de estar hablándole a un niño. Luego entró en la joyería para comprar un collar de perlas —o tal vez solo un par de gemelos— libre ya para siempre de mis remilgos provincianos.

La casa de Gatsby seguía vacía cuando me fui..., el césped de su jardín estaba casi tan alto como el mío. Uno de los taxistas del pueblo no hacía ninguna carrera que pasara cerca de la puerta de entrada sin detenerse un minuto y señalar al interior: tal vez fuese él quien llevara a Daisy y a Gatsby a East Egg la noche del accidente y es posible que se hubiese inventado toda una historia. Yo no quería oírla y procuraba evitarlo al apearme del tren.

Pasé las noches de los sábados en Nueva York porque las fiestas deslumbrantes y rutilantes que daba Gatsby seguían tan vivas en mi recuerdo que aún podía oír la música y las incesantes y apagadas carcajadas en su jardín y el trajín de los coches que iban y venían por el camino de entrada. Una noche oí un coche de verdad y vi por los faros que se detenía al pie de las escaleras. Pero no quise hacer averiguaciones. Probablemente fuese un último invitado que había estado en los más remotos confines de la tierra y no se había enterado de que la fiesta había terminado.

La última noche, después de hacer las maletas y venderle el coche al dueño de la verdulería, fui a ver una vez más aquel fracaso de casa enorme e incoherente. En los blancos escalones, una palabra obscena, garabateada por algún niño con un trozo de ladrillo, destacaba claramente a la luz de la luna y la borré frotando el pie contra la piedra. Luego fui paseando hasta la playa y me tumbé en la arena.

La mayoría de las grandes mansiones de la orilla estaban cerradas y apenas había más luces que el resplandor tenue y móvil de un transbordador que cruzaba el estrecho. Y a medida que la luna se alzaba en el cielo, las casas intangibles empezaron a desdibujarse hasta que poco a poco imaginé la isla que había florecido un día ante los ojos de los marinos holandeses, el regazo verde y lozano del Nuevo Mundo. Los árboles desaparecidos, los árboles que habían talado para dejar sitio a la mansión de Gatsby, alentaron antaño entre susurros el último y mayor de los sueños de los hombres; por un instante mágico y transitorio, el hombre debió de contener el aliento en presencia de aquel continente y verse forzado a una contemplación estética que ni entendía ni deseaba, cara a cara, por última vez en la historia, ante algo proporcionado a su capacidad de asombro.

Y mientras estaba allí, pensando en aquel mundo viejo y desconocido, imaginé el asombro de Gatsby cuando vio por primera vez la luz verde al extremo del embarcadero de Daisy. Había recorrido un largo camino hasta llegar a aquel césped azul y su sueño debió de parecerle tan cercano que casi era imposible que pudiera escapársele de entre los dedos. Ignoraba que lo había dejado atrás, en la vasta oscuridad más allá de la ciudad, donde los oscuros campos de Norteamérica se extendían en la noche.

Gatsby creía en la luz verde, en el orgásmico futuro que año tras año se aleja de nosotros. Nos esquivó entonces, pero no importa..., mañana correremos más deprisa, extenderemos más los brazos... Y una bonita mañana...

Y así seguimos bogando, como botes contra la corriente, arrastrados incesantemente hacia el pasado.

TÍTULOS DE LA COLECCIÓN
AUSTRAL ILUSTRADOS

Orgullo y prejuicio, Jane Austen
Alicia en el país de las maravillas, Lewis Carroll
El gran Gatsby, F. Scott Fitzgerald
Frankenstein, Mary Shelley
El retrato de Dorian Gray, Oscar Wilde